Inhaltsverzeichnis

Prolog

Hans suchte fieberhaft nach dem Geld. Im Fußboden, so hatte ihm sein Vater aufgetragen, im Fußboden war es versteckt. Der Alte war schon seit Monaten nicht mehr richtig im Kopf gewesen, seitdem er aber vom Hof gemusst hatte, „auße ins Boiern"(hinaus nach Bayern), war mit dem Vater überhaupt nichts mehr anzufangen. Er redete nur noch von den alten Zeiten, der alten Heimat, aus der sie vertrieben worden waren.

In Zwiesel, der neuen Heimat, in der man ihm und seiner Familie ein Notquartier zugewiesen hatte, fand der Vater sich gar nicht mehr zurecht. Und immer redete er vom Geld, das er zurücklassen hatte müssen. Viel Geld. Silbertaler.

Hans, der gerade erst vom Krieg zurückgekehrt und wieder einigermaßen zu Kräften gekommen war, wollte zunächst gar nichts wissen von dem Geld, aber seine Frau Theres lag ihm dauernd in den Ohren.

„Geh rüber. Ein einziges Mal nur. Du weißt doch noch die alten Pascherwege, bist sie oft gegangen, vor dem Krieg. Noch ist die Grenz nicht dicht. Wer weiß, wie es heuer im Sommer ausschaut. Man hört, sie wollen alles absperren. Jetzt kommst bestimmt durch. Ich geh mit. Schon wegen der Kinder müssen wir das machen. Wir haben alles verloren, dann holen wir uns wenigstens noch die Silbertaler. Ich geh mit. Ich mach´s wegen der Kinder."

So hatte Theres ihrem Mann in den Ohren gelegen, nächtelang geflüstert, als sie in ihrer kleinen Dachkammer, die man ihnen als Flüchtlingsquartier zugewiesen hatte, da lagen und nicht schlafen konnten. „Mach´s wegen ihnen.“. Ihre zwei Kinder schliefen in derselben Kammer in einem kleinen Bettchen. „Nur so kommen wir raus da, aus diesem Elend.“

Heute Nacht waren sie gegangen. Den alten Weg hinauf zum Gsenget und dann rüber. Hans war es so vorgekommen, als ob die Zeit stehen geblieben sei. Alles war noch so wie früher. Und dennoch war nichts mehr so, wie es gewesen war in der alten Heimat und Hans hatte ein beklemmendes Gefühl als er die Grenze überschritt. Nicht so ein Gefühl wie beim Paschen, dem Schmuggeln, wo es darum ging, die Finanzer hinters Licht zu führen, sondern so ein Gefühl wie im Krieg, wenn es um Leben und Tod ging.

Jetzt also suchte Hans in ihrem alten Bauernhaus, aus dem sie vertrieben, ja fortgejagt worden waren, nach den Talern. Es war alles so, wie sein Vater es beschrieben hatte. Mit den alten Sachen und dem wie es früher war, kannte sich der noch aus, das wusste er noch. Mit dem Neuen kam er nicht mehr zurecht, der Vater.

Jetzt! Jetzt hatte sich ein Fußbodenbrett lösen lassen. Es knarrte heftig, als Hans es nach oben wuchtete. „Endlich!“, rief Theres, während ihr Mann nach unten tastete und schließlich ein Holzkästchen zum Vorschein brachte. Die Augen der Frau glänzten und sie lächelte glücklich.

Ihr Lächeln erstarb jedoch, als die Tür sich mit einem Ruck öffnete und die beiden von einem starken Lichtstrahl geblendet wurden.

Die Spaxer

Toni Ašnbrenr fuhr langsam und vorsichtig die Straße durch den Nationalpark Šumava. Es war stockdunkle Nacht. Vom Asphalt war kaum mehr etwas zu sehen, soviel Schnee war die letzte halbe Stunde gefallen, seit er in Zwiesel aufgebrochen war. Schon an der Grenze, in Eisenstein, hatte es dichter und dichter geschneit, je höher aber der Wagen von Ašnbrenr, ein alter, grüner Škoda, die Berghänge des Böhmerwaldes hochkletterte, desto undurchdringlicher schien die wirbelnde weiße Wand der Schneeflocken, in die die Autoscheinwerfer hineinleuchteten. Seit Minuten war Toni keinem Fahrzeug mehr begegnet, wenn er jetzt von der Straße abkam, würde er weit laufen müssen um Hilfe zu holen.

Schnee um diese Zeit, am Nikolaustag, war im Bayerischen und im Böhmerwald nichts Ungewöhnliches, aber diese Mengen! Ašnbrenr mit seinen 35 Jahren konnte sich nicht erinnern, dass es Anfang Dezember schon einmal so heftig geschneit hätte.

Ašnbrenrs Augen schmerzten bereits vom genauen Hineinstarren in die weiße Mauer, als er seitlich der Straße Lichter durch die Wand aus Schneeflocken blinkern sah. Das musste die Ortschaft Nová Hŭrka sein, Neuhurkenthal, wie sie Ašnbrenrs Vorfahren in ihrer Sprache, dem Deutschen, genannt hatten.

In so einem dichten Schneetreiben wie jetzt konnte man schon die Orientierung verlieren, aber Toni war sich sicher Nová Hŭrka erreicht zu haben.

Gleich darauf huschte tatsächlich das Ortsschild am Fahrer vorbei. „Neuhurkenthal“ glaubte er zu lesen, nicht Nová Hŭrka.

War er jetzt schon so kaputt von der anstrengenden Fahrt, war er einem Trugbild aufgesessen, ging da etwas nicht mit rechten Dingen zu?

Neuhurkenthal – auf Deutsch?

Antonin Aŝnbrenr schlug sich zwei- dreimal auf den Hinterkopf. War er schon so unkonzentriert, dass ihm solche Schimären vorgegaukelt wurden? Sollte er eine Pause einlegen?

In dieser Zeit würde es noch mehr schneien und er käme vielleicht gar nicht mehr weiter. In 10 Minuten würde er in Dobrá Voda sein, dann ging es bergab, so lange musste er noch durchhalten, runterzu würde der Schneefall hoffentlich weniger heftig sein.

Also noch einmal volle Konzentration bis Dobrá Voda.

Das Ortsschild. „Werde ich langsam verrückt? Was ist los in dieser Nacht? Täuschen mich meine Sinne?“

Auch auf diesem Ortsschild stand der deutsche Name, und das war sicher keine Täuschung mehr, Toni hatte genau hingeschaut: „Gutwasser“ stand da in großen, deutlichen Buchstaben – in der verschnörkelten Druckschrift, wie sie besonders während des 3. Reiches von den Deutschen benutzt wurde, Toni wusste die Bezeichnung dafür nicht mehr.

Halten konnte der Fahrer nicht, die Straße war hier schon stark abschüssig und die Schleudergefahr beim Bremsen ziemlich groß.

„Gutwasser", was sollte das bedeuten? Deutsche Namen auf tschechischen Ortsschildern!

Als Toni Ašnbrenr kurz danach das kleine Städtchen Hartmanice passierte, wunderte er sich schon nicht mehr, auf der Ortstafel „Hartmanitz" zu lesen.

Dann ging es ziemlich steil bergab ins Tal der Otava, wo es längst nicht so heftig schneite wie oben. Die Brücke über den Fluss aber war so glatt, dass der Škoda vom Toni einmal gefährlich ins Schleudern kam. Voll konzentriert fuhr der Tscheche auf der anderen Flussseite hoch und bog nach einigen Minuten nach links ab, Richtung Kašperské Hory, der Stadt, in der er eine kleine Wohnung besaß.

Dieser Weg war dem Toni so vertraut, dass er ihn hätte blind fahren können. Es war sein Schulweg: Toni Ašnbrenr war nämlich Lehrer am Gymnasium in Sušice, in Schüttenhofen. Toni war Deutschlehrer.

In dieser Eigenschaft war Ašnbrenr auch in Zwiesel gewesen, bei einem Arbeitstreffen mit Kolleginnen und Kollegen vom dortigen Gymnasium. Die Zwieseler hatten sich dafür beworben, ihr Gymnasium zu einer deutsch-tschechischen Schule auszubauen, vielleicht sogar zu einem deutsch-tschechischen Skigymnasium.

Die Schülerzahlen hatten in den letzten Jahren zu sinken gedroht, weil der Bayerische Wald angefangen hatte sich zu entvölkern. Die Menschen zogen in die

Ballungsgebiete westlich der Donau, der Osten begann langsam zu veröden, vor allem die Landkreise Regen und Freyung/Grafenau waren davon betroffen, und dies würde auch das Gymnasium Zwiesel nach und nach zu spüren bekommen.

Was lag da näher, als einen Blick über die Grenze zu werfen und auf Hilfe von dort zu hoffen?

Einige Lehrer hatten deshalb eine Initiative gegründet und wollten das Projekt „Deutsch-tschechisches Gymnasium in Zwiesel" an Land ziehen.

Eva Esterl, die Frau des Ex-Kommissars Max Esterl war auch unter diesen Initiatoren. Sie war Deutschlehrerkollegin von Ašnbrenr und sie hatte über ihren Mann die Verbindung zu ihm hergestellt. Seitdem die Esterls den Toni aus einem Ameisenhaufen gezogen hatten, in den ihn Gangster kopfüber gehängt hatten, war aus der Beziehung mit dem Tschechen eine tiefe Freundschaft geworden.

Jetzt mussten noch Politiker und die jeweiligen Kultusministerien in München und Prag für diese Idee gewonnen, Pläne mussten ausgearbeitet werden, viele Dinge mussten organisiert werden. Toni Ašnbrenr schwirrte immer noch der Kopf von all dem, was er heute gehört hatte. Er sollte seine Verbindungen in Tschechien nutzen, um für diese grenzübergreifende Schule zu werben, sollte am Konzept mitarbeiten und sollte später vielleicht sogar den tschechischen Part der Schulleitung übernehmen.

Das war eine Aufgabe, die den gescheiten und sympathischen Ašnbrenr schon reizte. Mit seinen 35 Jahren war er auch noch jung genug dafür. Und ein Skigymnasium als Dreingabe, das wäre für den begeisterten Skifahrer und Langläufer das Allerschönste gewesen.

In Bayerisch Eisenstein, so hatte man ihm gesagt, sollte das Internat entstehen, direkt am Fuße des Großen Arbers, dem schönsten und höchsten Skiberg des Bayerischen und des Böhmerwaldes.

Sogar ein Internatsgebäude hatten die Zwieseler schon vorgesehen: Ein großes Kurheim, vor wenigen Jahren erst erbaut, unmittelbar am Grenzbahnhof Eisenstein gelegen, stand seit einiger Zeit leer. Die tschechischen Schüler könnten dorthin mit dem Zug anreisen, täglich gab es mehrere Direktverbindungen von und nach Pilsen und Prag. Und zum Gymnasium nach Zwiesel käme man mit der Waldbahn in die andere Richtung. Eine Viertelstunde bräuchte man, die Züge fuhren im Stundentakt. Das Konzept hatte Hand und Fuß, das musste Toni zugeben und das reizte ihn auch so an der Aufgabe.

„Pozor, nalevo", trotz seiner Vertrautheit mit dem Weg wäre Toni Ašnbrenr jetzt, statt nach links abzubiegen, bald geradeaus weitergefahren, so sehr war er in Gedanken gewesen. Also noch einmal 15 Minuten Konzentration für das letzte Wegstück bergauf nach Bergreichenstein.

Je weiter Toni die große Ahornallee nach oben fuhr, desto müder wurde er und desto wilder tobte der Schneesturm. Kaum konnte er noch die uralten Alleebäume erkennen, die hier die Straße säumten.

Toni Ašnbrenr atmete auf, als er ans Ende der Allee kam: Jetzt musste, trotz des Schneefalls, gleich die vertraute Silhouette der ehemals freien Bergstadt Kašperské Hory auftauchen. Langsam fuhr der Wagen des Tschechen auf die Stadt zu.

War da nicht etwas? Toni glaubte, etwa 50 Meter vor sich, neben der Straße eine Bewegung gesehen zu haben.

Er hatte sich nicht getäuscht. Jetzt sah er schemenhaft, wie eine dunkel gekleidete Person, die sich offensichtlich am Ortsschild zu schaffen gemacht hatte, nach vorne davonlief.

Und jetzt sah Toni auch, dass ein großes dunkles Auto mit abgeschalteten Scheinwerfern auf den Davonlaufenden gewartet hatte. Die Beifahrertür wurde aufgerissen und die Gestalt verschwand im Wagen, der sich, weiterhin ohne Licht fahrend, Richtung Ortsmitte entfernte.

Ašnbrenr konnte nichts erkennen, weder den Wagentyp noch das Kennzeichen. An eine Verfolgung war gar nicht zu denken, „warum auch?“, schoss es dem Tschechen durch den Kopf.

Erst als er am Ortsschild hielt und sah, was geschehen war, bedauerte Ašnbrenr, dass er nicht mehr als nur Schemen gesehen hatte:

Der Typ, der eben abgehauen war, hatte auch hier versucht, auf die tschechische Ortstafel mit der Aufschrift „Kašperské Hory“ eine in deutscher Sprache zu montieren:

Er hatte offensichtlich nicht damit gerechnet, dass zu solch später Stunde und bei diesem Wetter noch ein Fahrzeug kommen würde. Links oben hatte er schon eine Schraube halbwegs festgezogen gehabt, als ihm der Toni dazwischengekommen war. Das neue Schild hing an dieser einen Schraube schräg nach unten und schlug heftig im Wind:

„Bergreichenstein" stand drauf. In den Schrifttypen, die auch die Nazis so gerne verwendet hatten und die den germanischen Runen so ähnlich waren.

Toni Ašnbrenr überlegte, was er jetzt tun sollte. Zur Polizei gehen und die Geschichte melden? Dann konnte er die heutige Nacht wohl fast vergessen. Bis da ein Protokoll gemacht war, das konnte lange dauern. Zudem würde er den Beamten wohl erst den Tatort zeigen und vieles erklären müssen.

Toni, der mittlerweile hellwach geworden war, hatte mit seinem Auto inzwischen den Ringplatz erreicht, wo der Sturm nicht gar so heftig tobte. Als er dort, rechts unten gegenüber der alten gotischen Kirche, die Lichter seiner Stammgaststätte blinken sah, stand sein Entschluss fest: Ein oder zwei Bier nach der langen Sitzung und der anstrengenden Fahrt waren für ihn jetzt wichtiger als die Anzeige bei der Polizei. Die konnte bis morgen warten. Schließlich waren die Schilder schon ausgetauscht und würden es auch morgen früh noch sein.

Toni stellte den grünen Škoda vor seiner Wohnung ab und ging die paar Meter zurück zum Ringplatz zu Fuß. Trotz der kurzen Strecke hatte sich auf seiner

Hutkrempe schon ein Schneerand gebildet, als er die Gaststube betrat.

Die Wärme der Stube umfing den späten Gast, der den Schnee von Mantel und Hut streifte, zielstrebig die Garderobehaken an der Wand neben der Eingangstür ansteuerte und sich dann dem Stammtisch zuwandte, an dem neben dem dicken Wirt auch einige Stammgäste saßen. Die noch auf dem Tisch liegenden Spielkarten deuteten darauf hin, dass gerade eine Partie „Mariasch“ gespielt worden war, ein typisch böhmisches Kartenspiel, das der Toni meisterhaft beherrschte und in das er in den letzten Monaten auch seinen deutschen Freund, den Zwieseler Ex-Kommissar Max Esterl eingeführt hatte. Nach den Begrüßungsworten hatte Toni eigentlich seine Beobachtungen bei der nächtlichen Fahrt erzählen wollen, aber die Anwesenheit eines der Gäste hielt ihn davon ab.

In der Ecke des Gastraums saß František, ein alter Stammgast. Er hatte noch die Zeiten des Zweiten Weltkriegs und vor allem dann die Jahre danach mitgemacht. Erst die Befreiung von der Herrschaft der Deutschen, dann die Reaktion darauf, die Vertreibung. Toni war sich nicht sicher, welche Rolle František in diesen Zeiten gespielt hatte. Jung war er gewesen damals, und ein Heißsporn und die Deutschen mochte er bis heute nicht. Das merkte man noch immer, selbst bei Debatten am Biertisch. Wenn Toni seine Beobachtungen während der Fahrt auch nur erwähnt hätte, dann hätte der František sich wohl wieder einmal sehr erregt, wahrscheinlich hätte er verlangt, sofort die Polizei zu rufen und es wäre genau die Situation eingetreten, die Toni vermeiden wollte.

„Jedno pivo, prosím." Ein Bier wollte Toni noch trinken, als Absacker, ohne große Diskussion.

Aus dem einen waren schließlich drei Bier geworden, und als der Deutschlehrer am nächsten Morgen sehr zeitig seine Fahrt zur Schule nach Sušice antrat, war er noch ziemlich müde. Toni war viel früher als sonst gefahren. Es hatte die halbe Nacht geschneit und man wusste nicht so recht, ob die Straßen auch gut passierbar sein würden. Und Toni hatte mit seinem Direktor ausgemacht, ihm gleich am Morgen vom Ausgang der Gespräche in Zwiesel zu berichten.

Die Fahrt hinunter ins Tal der Otava hatte sich noch als etwas schwierig herausgestellt, aber unten, den Fluss entlang, war schon geräumt und genug Kohlenschlacke gestreut, sodass der Deutschlehrer gut vorwärts kam. Es war noch finster, als Toni Richtung Dlouhá Ves abbog. Tonis Gedanken waren gerade bei dem gestrigen, denkwürdigen Tag, als er, etwa hundert Meter vor dem Ort, der seinen Namen Langendorf nicht zu Unrecht trug, etwas blitzen sah.

Toni reduzierte vorsichtig seine Geschwindigkeit und fuhr langsam auf das Dorf zu. Wieder und wieder blinkte es, und jetzt konnte Toni auch die Ursache dafür erkennen:

Ein Polizeiauto stand genau vor der Ortstafel, das Blaulicht noch eingeschaltet, und die dazugehörenden Polizisten fotografierten das Ortsschild:

„Langendorf" stand darauf in großen, schwarzen Lettern. „Langendorf", nicht „Dlouhá Ves".

Toni Ašnbrenr bremste langsam seinen Wagen herunter und parkte ihn knapp hinter dem Polizeiauto.

„Jetzt habe ich noch keine Zeit, weil ich zur Arbeit ins Gymnasium muss, aber ich möchte der Polizei mitteilen, dass ich gestern Nacht etwas beobachtet habe, das Ihnen vielleicht weiterhelfen könnte."

Die Polizisten bestanden darauf, dass Toni seine Personalien hinterlegte. Am späten Nachmittag solle er auf die Station in Sušice kommen, einer der beiden sei dann noch da und würde sich um den Fall kümmern.

Toni setzte seinen Weg zum Gymnasium fort, berichtete seinem Direktor von der Versammlung in Zwiesel und begann pünktlich seinen Unterricht. Den ganzen Vormittag aber musste er an seine nächtlichen Beobachtungen denken.

Was das wohl zu bedeuten hatte?

A schene Leich

Ganz allein saß Max Esterl in der vordersten Kirchenbank und betrachtete das Sterbebild. Ein älterer Herr war darauf zu sehen, gemütlich aussehend, verschmitzt unter buschigen Augenbrauen hervorlächelnd, wenige, graue Haare, ausgeprägte Lachfalten um die Augen.

„In stillem Gedenken an Herrn Karl Esterl, gestorben in seinem 90. Lebensjahr", las Max zum wiederholten Mal, während die Trauergäste an ihm vorbeidefilierten. Es waren viele gekommen, überraschend viele, die einem Neunzigjährigen das letzte Geleit geben wollten.

„Jetzt", so sinnierte Max Esterl, der Ex-Kriminalkommissar aus München, der nach seiner Pensionierung wieder in seine alte Heimat, den Bayerischen Wald zurückgekehrt war, „jetzt ist der letzte aus meiner engeren Verwandtschaft gestorben". Der Onkel Karl. Max hatte viele gute Erinnerungen an ihn. Handwerker war er gewesen, einer vom alten Schlag, der seine Geschäfte noch im Wirtshaus ausgemacht hatte, immer gut drauf, immer für einen Scherz zu haben.

In seiner Kindheit war der Onkel Karl für Max das große Vorbild gewesen, an vielen Wochenenden waren die beiden durch die schier unendlichen Wälder an der bayerisch-böhmischen Grenze gestreift. Der Onkel Karl hatte dem Max zuerst die Augen geöffnet und dann seinen Blick geschärft für die Schönheit der Natur und für die Geheimnisse des Waldes.

Der Onkel Karl aber war es auch gewesen, der den Max zu dem geselligen Typen geformt hatte, der er jetzt war.

Nach seinen stundenlangen Ausflügen in den Wald konnte der Onkel Karl auch ebenso lang in einem der Dorfwirtshäuser sitzen, die er alle kannte und in denen ihn auch alle zu kennen und zu mögen schienen. An allen Stammtischen war er gern gesehen, einem Kartenspiel war der Onkel auch nicht abgeneigt: Watten, Schafkopf, Tarock, alle Spiele kannte der Onkel Karl (und schließlich mit der Zeit auch Max), selbst ein Spiel mit dem sonderbaren Namen „Tapperer" wurde hin und wieder gepflegt. Max schaute zu und hielt still, er fühlte sich wohl in dieser Atmosphäre und beobachtete die Leute.

Heute, aus der Rückschau auf sein Berufsleben, glaubte Max sogar, dass in diesen Stunden die Grundlage für seine ausgezeichnete Beobachtungsgabe und Menschenkenntnis gelegt worden war. Im Spiel, besonders im Kartenspiel lernte man einen Menschen viel schneller kennen als im „normalen" Leben. Die Aufbrausenden, die Auftrumpfenden, die Hinterkünftigen, die Stillen, Bescheidenen, sie alle hatte Max beobachtet und natürlich auch den Onkel, den heiteren, gutmütigen, der gerne sogar einmal ein Spiel verlor, wenn er das Gefühl hatte, unverdient gute Karten zu bekommen.

Der Onkel. In den nächsten Wochen würde er dessen Haushalt auflösen müssen, es würden einige Botengänge nötig sein, überlegte Max, der Onkel Karl hatte außer seinem Neffen Max niemanden mehr gehabt. Gerade überlegte Max, was er mit den Möbeln tun sollte, als er aus seinen Gedanken gerissen wurde. Die Totenmesse begann. „O Herr, i fall auf meine Knie...", sang ein Volkssängerquartett, begleitet von einem schon etwas zittrigen Zitherspieler. Der Onkel Karl hatte sich die Waldlermesse zum Requiem gewünscht.

Eva, die Frau von Max, und Anna, ihrer beiden Ziehtochter, die auf der anderen, der „Weiberseite" saßen, horchten andächtig.

Max dagegen konnte sich nicht auf den Gottesdienst konzentrieren. Zu sehr war er mit seinen Gedanken bei Onkel Karl. Ziemlich schnell und unerwartet war der Tod gekommen, ein Herzversagen mitten in der Nacht. Max hatte ihn am Vormittag besuchen wollen und hatte, beunruhigt, weil auf sein Klingeln nicht geöffnet wurde, seinen Zweitschlüssel benutzt. Karl Esterl hatte friedlich, wie schlafend in seinem Bett gelegen.

Jetzt würde Max nicht mehr erfahren, was ihm sein Onkel hatte sagen wollen. Zwei Tage vor seinem Tod hatte der Onkel den Max angerufen und ihn um ein „wichtiges Gespräch" gebeten, ein Gespräch, das jetzt nicht mehr stattfinden würde.

Vor lauter Grübeln hätte Max Esterl fast die Predigt verpasst. Das ging natürlich nicht. Erstens war der Zwieseler Pfarrer ein ziemlich guter Leichenredner, der es verstand, die Verstorbenen mit wenigen Sätzen treffend zu charakterisieren, und zweitens würde ihn Eva bestimmt fragen, wie ihm die Predigt denn gefallen habe. Mit einem „ja, ganz ordentlich" würde sich Eva, die Deutschlehrerin am Zwieseler Gymnasium war, nicht abspeisen lassen. Solche Antworten war sie gewohnt von Gymnasiasten, die ihre Deutsch-Lektüre nicht gelesen hatten. Das ließ sie nicht durchgehen, auch ihrem Mann Max nicht.

Schön hatte der Pfarrer das hingekriegt mit der Predigt, alles gesagt, kein Wort zu viel.

Was ihm wohl der Onkel Karl noch hatte sagen wollen? Wieder schweiften die Gedanken des Ex-Kommissars ab. Irgendetwas schien den Onkel bedrückt zu haben. Weiter darüber nachzudenken kam Max Esterl aber sinnlos vor, außerdem ging das Requiem langsam zu Ende, der Pfarrer sprach den Schlusssegen, der Fahnenträger des Veteranenvereins schulterte unter großem Ächzen die schwere Vereinsfahne, die Trauergemeinde machte sich auf den Weg ins Leichenhaus.

Als die drei Esterln gleich hinter dem Pfarrer mit seinen Ministranten zum Kirchenportal hinaustreten wollten, zuckten sie erst einmal zurück. „Kruminale", entfuhr es Max. Und nochmals: „Kruminale". Das Lieblingsschimpfwort des Ex-Kommissars rief Kopfschütteln bei seiner Frau Eva hervor. Aber das Schimpfwort war angebracht: Heftiger Wind schlug den Trauernden entgegen, ein eisiger Wind, der Schneeflocken vor sich hertrieb, nicht die dichten, die weichen, sondern böse fetzende Eiskristalle, scharf und zackig. So pfeilscharf, dass Max Esterls Augen sofort zu kleinen Schlitzen wurden.

Den schwarzen Talar des Pfarrers hatte eine Böe erfasst, die ihn aufblähte und flattern ließ, die Ministranten mussten sich mit Gewalt gegen den Sturm stemmen, der Kreuzträger hatte Probleme, die lange Stange mit dem schweren Kreuz oben drauf einigermaßen senkrecht zu halten, ein übler Wachler erfasste den Oberministranten und drückte das Kreuz so bedenklich nach hinten, dass es auf die nachfolgenden Trauergäste zu kippen drohte. Max, der die Situation am schnellsten erfasst hatte, eilte mit einem dritten „Kruminale“ auf den Lippen dem wankenden Ministranten zu Hilfe und stützte ihn samt dem Kreuz. Der Fahnenträger des Veteranenvereins hatte ebenfalls erhebliche Probleme mit der Statik. Er aber war kampferprobt und brachte erheblich mehr Gewicht auf die Waage als der Ministrant. Unter Ächzen und Stöhnen bändigte er seine Fahne und begann zu marschieren. So bewegte sich der Leichenzug schließlich langsam den Friedhofsberg hinauf.

Ein Wetter, wie es dem Onkel Karl angemessen war, fand Max. Er würde von oben, vom Himmel herab zuschauen, listig mit den Augen blinzeln und brummen: „Grad recht.“

Eine halbe Stunde später betraten etwa vierzig vollkommen durchfrorene Trauergäste den Vorraum zum Gasthof „Posthalter“ am Zwieseler Stadtplatz, stampften sich den Schnee von den Schuhen und klopften ihn sich aus den Mänteln.

„So ein Sauwetter“, mit diesen Worten begrüßte das Besitzerehepaar die Gäste. „Kommt nur schnell rein in die warme Stube, es ist schon alles gerichtet.“

Als erste nahmen die Veteranen Platz, ihr Vorstand hatte schon eine Halbe Bier in der Hand, noch ehe die anderen sich gesetzt hatten. Die weiteren Tische besetzten sich so, wie es sich ergab, nach

Verwandtschaftsgrad, nach freundschaftlicher Beziehung (viele Freunde hat ein Neunzigjähriger allerdings nicht mehr) und nach Geschäftsinteressen. Ein Tisch war mit Bauern aus dem kleinen Waldbauerndorf Bärnzell besetzt. Drei von den vieren kannte Max gut, den anderen nur gesichtsweise. Das nahe bei Zwiesel gelegene Bärnzell war Karls Hauptrefugium gewesen, hier hatte er sich besonders wohl gefühlt, hier kannte er alle, den beiden Dorfwirtshäusern hatte er oft Referenz erwiesen, hier hatte er mit seinen Freunden manchen Scherz ersonnen, manches „Huderl" getrieben. Eva, als Münchnerin, so sinnierte Max, hätte mit dem Wort „Huderl" wohl nichts anfangen können, aber ihm als Waldler waren solche Begriffe noch durchaus vertraut.

Ebenso vertraut war Max mit dem Essen, das der Onkel Karl für das Leichenmahl „angefriemt" hatte: Es gab ein Züngerl mit Zöpfl, genau das, was zu Onkel Karls Jugend- und Jungmännerzeit einen richtigen Leichen-Schmaus bedeutet hatte. Heute wurde das Gericht fast nur noch von den Alten geschätzt, die Jungen zogen eine Nase, wenn sie nur davon hörten. Für Max war ein Lüngerl in Verbindung mit einem reschen Salzzöpfl ein Festmahl. „Recht hat er g'habt, der Onkel", so hörte Max viele Gäste die Speisenwahl loben.

Nur Eva und Anna sagten nichts dazu. Sie hatten Kaffee und Kuchen bestellt, die Damen aus der Stadt. Eine richtige Waldlerin war seine Eva halt doch noch nicht, dachte Max bei sich, bevor er sich über das inzwischen servierte dampfende Lüngerl hermachte.

Für Max waren die leicht saueren, fein geschnittenen und in einer wunderbar sämigen Brühe servierten Innereien eine Delikatesse, die es mit jedem „Herrenessen" aufnehmen konnte. Zufrieden wischte er sich den Mund als er fertig war und nahm einen tiefen Schluck von seiner Halbe Bier aus der einheimischen Zwieseler Pfefferbrauerei. Die Blicke, die seine Frau ihm dabei zuwarf, ignorierte Max geflissentlich. Er wusste selbst, was er da mitten am Nachmittag gerade für Kalorien in sich hineingeschaufelt hatte. Aber heute war sein letzter Verwandter zu Grabe getragen worden, war das nichts? Konnte man sich nicht einmal zu solchen Gelegenheiten satt essen? Was war das für ein Leben, wenn man nur noch… .

„Ja, Eva, ich weiß, dann ess´ ich halt heut Abend nichts mehr, du hast ja recht."

Leicht war das Leben nicht, wenn man ein Mensch war wie Max Esterl, der schon zunahm, wenn er nur etwas Fettes anschaute.

Max gab sich einen Ruck. Von ihm als dem nächsten Verwandten wurde erwartet, dass er von Tisch zu Tisch ging und mit den Leuten redete. Über den Verstorbenen, seine letzten Tage, dass er sich anhörte, was die anderen vom Onkel gewusst hatten, mit ihm erlebt hatten. Max machte sich auf den Weg zum nächsten Tisch, dem mit den Bärnzeller Bauern.

Nach den Begrüßungsformalitäten und der Frage nach den genauen Umständen des Todes („Kannt man sich net schöner wünschen, einschlafen und nicht mehr aufkommen"… „mei, s´Alter hat er ja auch schon g´habt, obwohl er no guat beinander war") waren die Bauern ziemlich schnell auf das Thema gekommen, dessentwegen sie wohl den Leichentrunk besucht hatten:

„Dann bist also du, Max, quasi der einzige Nachkomme vom Karl?", fragte der eine.

„Und d´Sach, die is auf dich g´schrieben, oder?", setzte der nächste das Verhör fort.

Max, der nicht wußte, worauf die vier Bärnzeller hinaus wollten, brummte, dass da nicht viel „Sach" da sei, der Onkel hatte in einer Mietwohnung gelebt, die es aufzulösen galt, sein altes Auto war nicht viel wert, so eine große Rente hatte der Onkel nicht gehabt, dass da fette Reichtümer zu erben gewesen wären.

„Ja, aber der Wald."

Max war überrascht. Das hatte er total vergessen: Der Onkel hatte ein kleines Waldstück besessen, gleich hinter dem Gscheiperl, dem legendären Schwammerlberg der Zwieseler. Zwei-, dreimal waren sie beide dort gewesen, wenn der Onkel Karl „nachschauen" ging, nachschauen, ob alles in Ordnung war auf seinem Zweihektar-Waldteil. Wie viel konnte der Wald wert sein? Sicher, der Onkel hatte den Bestand kaum angegriffen, aber Max hatte noch vage in Erinnerung, dass fast nur Fichten dort wuchsen, nichts, was von besonderem Wert gewesen wäre.

„Der Wald", mischte sich jetzt der dritte Bauer ein, „der Wald hat deinem Onkel gehört. Und wenn du der einzige Nachfahre bist, dann gehört er jetzt dir, oder?"

Max ärgerte sich ein bisschen über die direkte, fast ein wenig plumpe Art, wie die vier auf ihn losgingen.

„Und was geht euch das an?“, erwiderte er, ganz gegen seine eigentliche Gewohnheit etwas grob. Die vier schienen aber den Unterton nicht bemerkt zu haben und antworteten ohne Umschweife, dass sie Interesse an dem Waldteil hätten.

„Du kannst den Wald eh nicht brauchen, Stoderer, aber zu unserem Wald passert deiner dazu. An guatn Preis kriagatst aa, wenns´d verkaffa daadst.“

Für Max waren das einige Konjunktive zu viel, trotzdem war er neugierig darauf, was wohl für so ein Grundstück geboten wurde.

„Und - wieviel?“

„Verhandlungsbasis.“ Die Bauern ließen sich doch nicht so leicht aus der Reserve locken. Das konnte man aber auch ohne die vier herauskriegen, was das Grundstück wert war. Max wusste schon, bei wem er sich da Rat holen würde. Jetzt kam ihm gelegen, dass ein anderer Trauergast ihn am Ärmel zupfte, weil er sich verabschieden wollte.

Eine alte Frau stand vor ihm, weißhaarig, ein wenig verhuzelt sah sie aus in ihrem alten Trachtenmantel, aber aus ihrem faltigen Gesicht schauten zwei ganz wache braune Augen. „Kennst mi nimmer, Maxl?“, fragte die Alte mit einem scheuen Lächeln. Max kramte in seinem Gehirn. „Du bist? Du bist?“

„D´Kathl bin i. D´Moser Kathl. Hamma oite Freind gwen, da Karl und i. Schad, dass er scho geh hat miassn, der Karl. Sehgst eam eh gleich, Maxl. Mei, ejtz woaß i no, wiast du a Bua gwen bist, a so a dirra. Und ejtz bist a so a stattlichs Mannsbild.“ Kathl deutete auf den Bauch vom Max. „Genau wia dei Onkel, der Karl.“ Mit diesen Worten verabschiedete sich die Kathl, an die sich Max jetzt gut erinnern konnte. Hatte nicht der Onkel sogar einmal erwähnt, dass zwischen ihm und der Kathl…? Da würde er sie noch einmal fragen, die Alte. Später.

Jetzt setzte sich Max erst einmal wieder an seinen Tisch und nahm an der Unterhaltung seiner Tischnachbarn teil.

Das Leichenmahl setzte sich fort bis in den frühen Abend hinein. Die vier Bärnzeller verabschiedeten sich dann ziemlich bald, weil sie zum Melken heim mussten, zum „Zeidln“, wie man hier sagte.

„Überleg dir´s, wir kommen noch auf dich zu“, waren die Worte, die sie dem Max nach dem ortsüblichen „Pfiat de“ noch zuwarfen.

„Heute Abend muss ich mit Eva darüber reden“, nahm sich Max vor, ehe er sich wieder an den Verwandtentisch setzte, an dem gerade die „Huderl“, die Anekdoten ausgetauscht wurden, die sich in großer Zahl um den Onkel Karl rankten.

***

„Du hast schon wieder Hunger?“ Eva, die gerade die Spülmaschine ausräumte, sah ihren Mann mit großen Augen an. „Vor zwei Stunden hast du eine Riesenportion Züngerl und zwei Zöpfl verdrückt und jetzt bist du am Kühlschrank und suchst. Dabei redest du dauernd vom Abnehmen. Weißt was? Ich hör mir dein scheinheiliges Gefasel vom Übergewicht gar nicht mehr an.“

Schuldbewusst drückte Max Esterl die Kühlschranktür zu und bemerkte dabei: „Ich wollt halt mit dir reden, etwas Wichtiges. Und es redet sich eben leichter, wenn man eine Kleinigkeit dabei isst, verstehst du?“

Eva verstand nicht. Sie verstand überhaupt nicht.

„Wenn ich deine Worte richtig interpretiere“, sagte die Deutschlehrerin, „dann kannst du jetzt nicht einmal mehr reden ohne zu essen. Du selber musst endlich einmal verstehen. Von alleine wirst du nicht abnehmen. Und dein Gejammere hab ich jetzt satt. Tu was, Max Esterl!“

Max zog den Kopf ein. So streng war seine Eva sonst nie mit ihm. Aber sie hatte recht. Ihm ging es zu gut und er musste was tun. Alle seine Hosen zwickten, seinen Lieblingspullover zog er schon seit Wochen nicht mehr an, weil unten der Bauch rausschaute, selbst beim Schuhzubinden ächzte und stöhnte er. Jetzt hörte Max sich schon so an, wie er seinen Vater in Erinnerung hatte. Der hatte dieselben Probleme gehabt. Max sah ihn vor sich: „Allerhöchstens korpulent“, so hatte der Vater sich immer eingestuft. Und was war Max? „Ziemlich korpulent“ war noch wohlwollend.

Max verzog sich auf die Eckbank, seinen Lieblingsplatz in der geräumigen Küche der Familie Esterl, und schmollte.

Nachdem Eva mit dem Verräumen des Geschirrs fertig war, setzte sie sich zu Max an den Tisch.

„Kannst du noch reden? Oder krümmst du dich schon vor Hunger?", sagte sie ironisch. Max war jetzt erst recht beleidigt.

„Ich sag überhaupt nichts mehr. Kruminale! Ich trete in einen Hungerstreik. Einen stummen Hungerstreik."

Eva sah Max lange schweigend an. Dann setzte sie sich zu ihm auf die Eckbank, legte den Arm um ihn und sagte: „Das mit dem Hungerstreik ist schon ganz gut. Ein Tag pro Woche würde bereits Wunder wirken. Aber verstummen sollst du nicht, Max."

Eva boxte ihn liebevoll in die Seite. „Was wolltest du denn vorher erzählen?"

Max war schon fast wieder versöhnt. „Du bist überhaupt nicht neugierig, oder?"

„Ich mag nur nicht, wenn man mit etwas anfängt und dann nicht mehr weitermacht. Also erzähl schon. Du hast doch irgendetwas gehört, heute beim Leichentrunk."

Eva war, wie fast immer, auf der richtigen Spur.

Max erzählte seiner Frau von dem zu erwartenden Erbe und von den Angeboten der kaufwilligen Bärnzeller Bauern.

Evas Reaktion überraschte Max:

„Wieviel ist denn so ein Waldgrundstück wert? Wieviel ist das denn überhaupt, zwei Hektar? Ich kann mit solchen Angaben gar nichts anfangen. Ist das viel?"

„Viel ist das gerade nicht, zwei Hektar, das sind etwa zwei Fußballplätze", versuchte Max die Größe des zu erwartenden Erbes für Laien zu beschreiben. „Der

Preis hängt von der Qualität des darauf stehenden Waldes ab, stell dir da keine zu großen Summen vor. Und überhaupt: Brauchen wir denn das Geld? Bei den derzeitigen Zinsen? Andere, hab ich gehört, legen ihr Geld in Waldbesitz an, warum sollen wir das Erbe vom Onkel Karl verkaufen? Ich kauf′ mir eine Motorsäge und dann geht′s auf."

Max wusste genau, wie er seine Frau ein wenig provozieren konnte, und die reagierte auch prompt: „Max, der Holzfäller, da lachen ja die Hühner. Die Bäume werden dich erschlagen, mit der Motorsäge wirst du dir den Oberschenkel abschneiden. Das kommt überhaupt nicht in Frage, ich möchte keine Witwe sein, ich will dich Max, und keine gefällten Bäume! Verkauf′ den Wald."

Im Stillen freute sich Max Esterl über diese Liebeserklärung und so lenkte er ein. „Erst einmal muss sie stimmen, die Geschichte mit dem Erbe. Und dann können wir in Ruhe überlegen, was wir damit anfangen. Niemand zwingt uns zu Irgendetwas." Max, der wusste, dass seine Frau sonst an materiellen Dingen nicht sehr interessiert war, war neugierig, warum Eva überhaupt auf den Gedanken mit dem Verkauf gekommen war.

„Ich will′s doch nicht für mich, Max. Anna könnte das Geld gut gebrauchen." Anna, die Nichte von Eva war sofort nach der Beerdigung wieder weg gefahren. Sie war die Ziehtochter der beiden, seit deren Eltern vor Jahren bei einem Unfall ums Leben gekommen waren.

„Seitdem sie in Passau studiert hat sie Geldsorgen, für die kleine Wohnung, in der sie lebt, bezahlt sie viel zu viel. Das Geld für den Wald wäre vielleicht genug für eine kleine Eigentumswohnung, wenn nicht, könnten wir doch noch ein wenig drauflegen. Dann hätten wir auch was davon und könnten hin und wieder in Passau übernachten, dort ins Theater gehen oder sonst was unternehmen. Du hast doch immer gesagt, wenn du nicht in den Bayerischen Wald gehen würdest, möchtest du nach deiner Pensionierung am liebsten nach Passau ziehen."

Damit hatte seine Frau schon recht, überlegte Max. Die Dreiflüssestadt mit ihrer herrlichen Lage, dem kulturellen Angebot und der Nähe zu Österreich hatte ihn schon immer angezogen, schon seit seiner Kindheit, als die Ankündigung einer Fahrt mit seinen Eltern nach Passau bei Max immer Jubelstürme hervorgerufen hatte.

„Fahren wir nach Passschwein", hatte sein Vater hin und wieder gesagt und der kleine Maxl hatte voller Begeisterung „Schifferlfahren" gebrüllt.

„Also, ich lass mir die Geschichte durch den Kopf gehen. Aber versprechen tu ich nichts. Die vier Bauern werden sowieso noch einmal auf mich zukommen."

Damit war die Sache für Max erledigt. Bei dieser wichtigen Besprechung aber hatte er tüchtig Hunger bekommen. Auf halbem Weg zum Kühlschrank allerdings stoppte Max jäh, machte eine Vierteldrehung und ging mit saurem Gesicht zur Spüle, um sich ein Glas Wasser einzulassen.

„Geht doch", Eva konnte sich diesen Kommentar nicht verkneifen.

Mit einem gepressten Lächeln gab Max seinerseits einen Kommentar ab, einen von den Bauernseufzern des Sprüchesammlers Josef Fendl, die der Ex-Kommissar gerne und häufig zitierte.

„Du weißt ja, was dersell Bauer gesagt hat, der seinen Hof versoffen hatte: Wenn i des gwisst hätt, wia guat ´s Wossa schmeckt, kannt i mein Hof heit no haben."

Erste Hilfe

Der Schultag hatte lange gedauert. Immer wieder musste Toni Ašnbrenr an das denken, was er gestern und heute erlebt hatte. Was stand wohl dahinter? Für die sich ganz langsam normalisierenden Beziehungen zwischen den beiden Nachbarvölkern, den Tschechen und den Deutschen, so war sich Toni sicher, konnte diese Aktion nur Schlechtes bedeuten. Hier wie dort würden wieder Gräben aufgeworfen, hier wie dort würden wieder Scharfmacher auftreten, Misstrauen würde wieder geschürt werden.

Auch für das tschechisch-bayerische Schulprojekt konnte dies womöglich das Aus sein. Die ewig Gestrigen würden sich die Hände reiben. In seiner Heimat, in Tschechien würde es heißen, wir haben es gewusst, die Deutschen sind immer noch Revanchisten und auf der anderen Seite der Grenze, in Bayern, würden ebenfalls einige voller Genugtuung denken, dass da endlich einmal jemand den Mut aufbrachte, ein Zeichen zu setzen gegen die Ungerechtigkeit der Vertreibung.

Toni Ašnbrenr war auch dafür, die Ungerechtigkeiten hier wie dort zu benennen und aufzuarbeiten, gerade er hätte viel erzählen können über das Schicksal seiner Familie, die sich vor dem Krieg noch Aschenbrenner geschrieben und Deutsch gesprochen hatte. Deshalb fühlte sich Toni auch besonders betroffen und deshalb war es ihm so wichtig, dass der alte Streit nicht wieder ausbrach. Die Dinge aufarbeiten, ja, das musste man, aber nicht so.

Er musste unbedingt seinen Freund Max Esterl um Rat bitten, so beschloss Toni Ašnbrenr, der konnte vielleicht helfen, etwas herauszukriegen, sich auf der bayerischen Seite umhorchen, vielleicht auch nur seine Freunde bei der bayerischen Polizei etwas sensibel machen für dieses Problem.

Jetzt aber musste Toni zur Polizei in Sušice, um seine Aussage zu machen. Hoffentlich hatten die schon Ergebnisse und Erkenntnisse bezüglich der Täter.

Tonis Hoffnungen wurden enttäuscht. Die Polizei tappte im Dunkeln, es gab, außer einigen fast verwehten Spuren im Schnee und den inzwischen längst abmontierten Schildern keine konkreten Hinweise auf mögliche Täter, nur Toni hatte etwas gesehen. Auch in Srni/Rehberg, in Prášily/Stubenbach und einigen anderen Orten waren die Schilder gespaxt worden, nirgendwo ein Zeuge.

Tonis Befürchtungen aber wurden voll bestätigt. Alle großen Tageszeitungen waren schon an der Sache dran, zwei Fernsehsender hatten im Šumavagebiet gefilmt, morgen würde es Schlagzeilen geben, üble Schlagzeilen.

Und, das Schlimmste war, dass einige national gesinnte, aber auch kommunistische Politiker die Suppe bereits hochkochten. Heute Abend würden schon die ersten Interviews und Stellungnahmen erscheinen. Toni wurde ganz schlecht, wenn er daran dachte.

Alles war jetzt in Gefahr, alle die zarten Pflänzchen, die man in den letzten Jahren hochgezogen hatte, die Freundeskreise, die kulturellen Beziehungen, die

Partnerschaften zwischen Kindergärten, Schulen, Vereinen, Orten.

Toni Ašnbrenr musste seinen Freund Max anrufen.

Max Esterl schaute gerade die Abendnachrichten im Bayerischen Fernsehen, als das Telefon klingelte. „Du bist es, Toni, jak se máš, geht´s dir gut?“

Als Max die Stimme seines Freundes hörte, wusste er, dass etwas Schlimmes passiert sein musste. Während Toni berichtete, holte Max seine Frau heran und stellte den Telefonlautsprecher an, so dass sie mithören konnte, was der Toni alles zu berichten hatte.

„Und bei euch ist noch nichts in den Nachrichten?“

„Nein, wir haben gerade geschaut.“

„Dann bestimmt morgen. Max, was können wir tun? Kannst du da irgendwie helfen? Du kennst bayerische Polizei, sie sollen suchen, mehr suchen als normal.“

„Die bayerische Polizei.“ Max dachte sofort an seinen Freund Ludwig Rindl, den Leiter der Zwieseler Polizeidienststelle und dann fiel ihm ein, dass der Ludwig selber ein Sohn des Böhmerwaldes war, seine Eltern stammten aus Rehberg. Ob der ein besonderes Interesse hatte, die Täter zu fassen?

„Wenn da wirklich auf der bayerischen Seite mit Nachdruck gefahndet werden soll, dann muss die Anweisung von ganz oben kommen, ich kann wohl mit dem Zwieseler Polizeichef reden, du kennst ihn ja, den Ludwig Rindl. Aber ohne Marschbefehl wird der nicht viel unternehmen.“

„Marschbefehl? Wollt ihr jetzt schon wieder einmarschieren bei uns?", entrüstete sich der Tscheche zum Schein.

„Zum Glück nicht", lachte sein bayerischer Freund, „aber du hast Recht. Da haben diese Schildermonteure ganz schön was angerichtet. Ich möchte wirklich gerne wissen, was und wer dahintersteckt."

Als Max das Gespräch mit einem „wir telefonieren morgen wieder" abbrach, stand Eva neben ihm, legte ihre Hand auf seinen Arm und sagte, jede Silbe einzeln betonend: „Da musst du was tun, Max Esterl. Du kennst Leute hüben wie drüben, wichtige Leute. Du kannst dich hier umhören, geh in dein Informationszentrum, das Bräustüberl, frag den tschechischen Kellner, den Jiří, sag ihm, er soll sich auch umhören. Die Sache ist so wichtig, da muss jeder helfen, der kann."

Im Bräustüberl nach Informationen zu suchen, das war für Max der ideale Auftrag. Das Bräustüberl in Zwiesel war nicht nur ein Biotop für Informationen, es war auch das Lieblingswirtshaus des Ex-Kommissars, dort traf er sich mit Freunden regelmäßig zum Schafkopfen, seinem Lieblingskartenspiel und dort gab es auch eines seiner Lieblingsbiere.

Eva hatte gewusst, womit sie ihren Mann am besten locken konnte. Die Gewichtsreduzierung bei Max, das war Eva klar, musste damit zunächst auf Eis gelegt werden. Übergeordnete internationale Ziele hatten eben Vorrang vor persönlichen Interessen. So hätte es Max formuliert. Der Edle!

Ein Schwarzer läuft Amok

Unbarmherzig prasselten die Schläge auf Max Esterl nieder. Erst auf seinen Rücken, da schmerzte es noch nicht so. Max zog seinen Kopf so tief wie möglich zwischen die Schultern und versuchte mit seinen Händen wenigstens sein Gesicht zu schützen.

Vergeblich. Schon streiften die Schläge seine Ohren, seinen Hals. „Kruminale!", auch das Lieblingsschimpfwort von Max konnte die Hiebe nicht stoppen.

Der Kerl hörte nicht auf. War der wahnsinnig? Max Esterl wagte es kaum, die Augen aufzumachen aus Angst, einer der Hiebe könnte ihn dort treffen.

„Bist du narrisch!", rief Max dem scheinbar riesigen Mannsbild mit der schwarzen Kutte zu, das sein Gesicht unter einer ebenfalls schwarzen Kapuze verborgen hatte.

„Hör auf, das ist kein Spass mehr! Kruminale!"

Die Besucher der Sportvereinsweihnachtsfeier, die bis vor wenigen Augenblicken noch gelacht hatten, erkannten die missliche Lage, in der der Ex-Kommissar und Ex-Mittelstürmer Max Esterl, früher Bomber genannt, sich gegenwärtig befand.

Vor allem einer reagierte: Der Nikolaus ließ sein goldenes Buch und seinen Stab fallen, stürzte sich von hinten auf seinen noch immer wild zuschlagenden Krampus und umklammerte diesen mit allen seinen Kräften. Der Schlägerkrampus hatte mit so einer hinterhältigen Attacke nicht gerechnet, er versuchte wieder freizukommen und das lästige Insekt auf seinem Buckel loszuwerden und abzuschütteln. Mitra und Bart des Heiligen segelten durch die Luft, als sich der Krampus mit einer blitzschnellen Seitwärtsbewegung seines Rumpfes von seiner Last befreien wollte. Der Knecht Ruprecht stürzte mit seinem inzwischen kahlköpfigen Meister Nikolaus direkt neben Max Esterl auf den Tisch, krachte auf die Tischplatte, dass die darauf verteilten Weihnachtsplätzerl in alle Richtungen davonsprangen und blieb schwer atmend liegen.

Sein künstlicher schwarzer Bart war ihm verrutscht, darunter kam ein weißes Kinn zum Vorschein, das in einem grotesken Kontrast zur schwarz eingefärbten Oberpartie seines Gesichts stand.

Jetzt erkannte Max Esterl den durchgeknallten Krampus: „Der Winnerl Uwe."

Wie man dem nur die verantwortungsvolle Rolle eines Krampus anvertrauen konnte! Der Winnerl war beim Fußball der ewige Konkurrent des Max Esterl gewesen und der Winnerl hatte immer Foul gespielt.

Nur einmal, da hatte Max es ihm zeigen wollen, da hatte der Winnerl schon bei einem Nachbarverein gekickt. Lokalderby. Bei einem Kopfballduell waren die beiden in der Luft zusammengestoßen. Max hatte eine große Platzwunde davongetragen, aber der Winnerl, dem hatte es bei dem Luftkampf das Nasenbein zertrümmert, kein schöner Anblick. Na ja, schön war der Winnerl auch vorher schon nicht gewesen, aber die Nase, die zerdätschte, machte dem Uwe noch lange zu schaffen. Max hatte sich entschuldigt, den Uwe im

Krankenhaus besucht, der aber hatte ihn keines Blickes mehr gewürdigt. Bis heute.

Beide hatten sie dann mit dem Fußballspielen aufgehört, Max aus beruflichen Gründen, der Uwe wegen der Verletzung. Das Nasenbein war nie mehr so richtig zusammengewachsen und aus der Rivalität der beiden war eine Feindschaft geworden.

Fast vier Jahrzehnte waren inzwischen ins Land gegangen. Dass der Winnerl noch immer nicht vergessen hatte? Als er den Max gesehen hatte, waren bei ihm anscheinend die Sicherungen durchgebrannt und er hatte sich in blinde Wut hineingesteigert.

Der Heilige Nikolaus und einige andere beherzte Gäste hatten die Situation inzwischen unter Kontrolle, sie führten den offensichtlich wieder zur Vernunft gekommenen Krampus hinaus.

Andere Vereinsmitglieder entschuldigten sich bei Max für den Vorfall. Der richtete sich seine Kleidung und setzte sich, nachdenklich geworden, wieder auf seinen Platz.

Die Weihnachtsfeier seines Fußballvereins aber war gelaufen, die Gespräche mit seinen ehemaligen Mannschaftskameraden, auf die Max sich so gefreut hatte, kamen nicht mehr so recht in Schwung. Leider, denn vor Wochen schon hatte Max zugesagt, die Weihnachtsfeier des Sportvereins zu besuchen, bei dem er früher, so lange er in Zwiesel gelebt hatte, im Fuß- wie im Basketball recht erfolgreich gespielt hatte.

Als Max zur Kripo nach München gegangen war, hatte er sein aktives Sportlerdasein zwar beendet, die ganzen Jahre über hatte er aber das Abschneiden seiner Mannschaften verfolgt. Wenn er mal zu Hause im Bayerischen Wald war, hatte Max sich kein Heimspiel entgehen lassen.

Und jetzt überlegte der Ex-Kommissar sogar, ob er nicht noch ein wenig bei den Seniorenmannschaften mitmachen sollte, mehr zur Gewichtsreduzierung allerdings. So behauptete er es zumindest seiner Frau gegenüber. „Wenn´s helfen würde", seufzte diese, „wäre ich sogar dafür. Wo bitte soll aber eine Gewichtsreduzierung herkommen, wenn bei euch immer zwei Kasten Bier hinter dem Tor stehen? Und nach den Spielen wird ständig gegrillt."

Eva, so musste Max zugeben, kannte sich gut aus. Trotzdem würde er im Frühjahr anfangen. Mal sehen ob seine alten Knochen noch ein bisschen was vertrugen.

Außer, wenn der Winnerl mitkickte. Mit dem wollte Max nichts mehr zu tun haben nach dem heutigen Vorfall.

Auf alle Fälle saß Max jetzt in einer Weihnachtsfeier, bei der es nicht wirklich sehr weihnachtlich zugegangen war. Den besinnlichen Teil hatte man nach der unfreiwilligen Krampuseinlage sehr zügig abgewickelt, jetzt war man beim Ratschen, beim Erzählen von alten Geschichten, die sich natürlich meist um den Sport rankten.

Als Max zum ersten Mal auf´s Klo musste, sah er aus den Augenwinkeln, wie ihm vom Nachbartisch weg einer folgte. Der schon etwas ältere Mann kam dem

Pensionisten bekannt vor, er wusste aber nicht genau, in welche Schublade er ihn stecken sollte. Max schaute genauer hin: Groß war der Mann, auf alle Fälle größer als Max, einige Jahre älter schien er auch, er hielt sich aber ziemlich gut, sein Haar war grau aber noch voll, er sah nicht unsympathisch aus. Woher kannte er den? Diese Frage hatte sich Max die Zeit nach seiner Rückkehr in die alte Heimat oft stellen müssen. Zu lange war er weg gewesen.

„Kennst mi nimmer, Maxl“, begann der andere, als er neben Max am Pissoir stand. Max schaute auf und schüttelte den Kopf. „40 Jahre sind´s her, da bin ich dein Trainer gewesen.“

„Kruminale. Das gibt´s ja nicht, der Gunther! Der Gunther aus Bärnzell.“

Max war so überrascht und erfreut, dass er sich seinem Nachbarn spontan zuwandte, allerdings hatte er vor lauter Freude ganz vergessen, dass er gerade bieselte. Erst als er das entsetzte Gesicht von Gunther bemerkte, den er fast schon angebieselt hatte, lenkte Max Esterl seinen Urinstrahl wieder dorthin, wo er hingehörte.

Seinen Nachbarn allerdings schüttelte es jetzt dermaßen vor Lachen, dass dieser selbst die Urinschüssel nicht mehr richtig traf, was andererseits bei Max die gleiche Reaktion hervorrief.

„Hoffentlich kommt niemand rein, sehen darf uns jetzt keiner“, krächzten beide fast gleichzeitig unter Lachtränen.

„Ja, Max, sehen soll uns auch keiner." Der Ex-Trainer war plötzlich ernst geworden.

„Ich muss dich unbedingt sprechen. Hast Zeit?"

„Jetzt gleich?"

„Wenn´s geht."

„Mir gefällt es nach dem Vorfall sowieso nimmer so recht bei dieser Feier, zahlen wir und gehen wir woanders hin."

„Wohin?"

„Bräustüberl."

„Da ist´s ruhig?"

„Nebenzimmer, da ist heut bestimmt nicht viel los."

Zweite und dritte Hilfe

Es war mehr los, als Max gedacht hatte, aber die beiden fanden eine Ecke, in der sie sich ungestört unterhalten konnten.

Der Jiří, der tschechische Kellner hatte heute Dienst und stand hinter der Theke, stellte Max fest, also konnte er vielleicht sogar zwei Fliegen mit einer Klappe schlagen.

„Mit dir muss ich reden", sagte Max ohne Umschweife zum spindeldürren, flinken tschechischen Kellner Jiří, der nun schon seit vielen Jahren hier im Bräustüberl bediente und fast schon zum Inventar dieser alten Gaststätte gehörte.

„Ich´s mit dir auch, Max." Die Antwort von Jiří überraschte den Kriminaler. Als er sein fragendes Gesicht sah, ergänzte der Tscheche, dass er was erzählen müsse, aber später.

Also erst mal Gunther. Die beiden hatten sich noch nicht einmal richtig den Bierschaum von den Lippen gewischt, da begann der Trainer auch schon:

„Sind sie schon bei dir gewesen?"

„Wer?"

„Die vier Scheinheiligen, die Windradfahrer, die windigen, die Dorfrenegaten. Haben die´s bei dir noch nicht probiert?"

Max zögerte ein wenig mit seiner Antwort, er wusste nicht so recht, worauf der Gunther hinauswollte. Solche Schimpfkanonaden hätte er dem besonnenen Mann gar nicht zugetraut.

Der aber fuhr fort, jetzt eine Spur ruhiger:

„Hast schon was vom Windpark gehört? Vom Großprojekt, das die Stadt München bei uns in Bärnzell, quasi vor unserer Haustür errichten möchte?“

„Hab ich, bin ja jetzt schon fast wieder zwei Jahre da im Woid.“

„Stimmt es, was die Leute sagen, dass du deinen Onkel, den Karl beerbst?“

„Ja“, antwortete Max zögernd, der es nicht gewohnt war, selber verhört zu werden.

„Vermutlich schon. Ich bin der einzige Verwandte.“

„Dann erzähl ich dir, was los ist.“

Gunther erzählte eine geschlagene Stunde. Vom riesengroßen Windpark, den die Stadt München bauen wollte um deren Ökobilanz auf Kosten anderer aufzufrisieren. Gleich hinter Bärnzell sollte er entstehen, hinterm Gscheiperl. Bis rüber nach Frauenau und Rinchnach und runter nach Klingenbrunn und Kirchdorf sollte er fast reichen und er würde ein riesiges Waldgebiet, eines der schönsten und unberührtesten des Bayerwaldes in einen Industriepark verwandeln. Straßen müssten gebaut werden, Stromtrassen gelegt, und vor allem: 200 Meter hohe Ungetüme würden errichtet.

„200 Meter! Kannst du dir das vorstellen. Wir in Bärnzell leben teilweise vom Fremdenverkehr und dann diese Spargelstangen genau im Süden, von Südosten bis Südwesten. Kein Mensch wird mehr zu uns kommen wollen oder glaubst du, dass die Norddeutschen das gleiche Glump sehen wollen, das sie daheim auch vor ihrer Haustür haben?"

Der Bärnzeller hatte sich schon wieder in Rage geredet.

„Am liebsten tät ich wegziehen. Aber ich bin schon einmal verpflanzt worden, aus dem Böhmerwald hierher nach Bärnzell. Ein zweites Mal lass ich mich nicht vertreiben."

„Interessant", dachte Max, als er erfuhr, dass der Gunther, den er immer für ein waschechtes Bärnzeller Gewächs gehalten hatte, aus dem Böhmerwald stammte. Darüber musste er den Gunther noch befragen, aber später, jetzt ging es um wichtigere Dinge.

Langsam dämmerte dem Ex-Kriminaler zwar, worauf die vier „Scheinheiligen" und jetzt auch der Gunther hinaus wollten, dennoch fragte er:

„Und, was willst jetzt von mir, Gunther?"

„Das Gegenteil von dem, was die vier Windradler vermutlich von dir wollten: Net sollst verkaufen, auch nicht verpachten. Freu dich über den Wald, es ist nicht viel Holz, aber es hat seinen Wert und der steigt. Auch ohne die Windräder. Hast Zeit, die nächsten Tage? Dann geh ich mit dir raus ins Holz und zeig dir den Wald vom Onkel Karl. Hast du Schneeschuhe oder Langlaufski? Du hast doch bestimmt noch keinen Christbaum. Dem Karl hab ich auch immer einen besorgt in den letzten Jahren, als er nicht mehr so konnte. Ich hab deinem Onkel immer bei der Bewirtschaftung geholfen, ich würd auch dir helfen. Ich kenn dich noch gut von damals her, Max, von unserer

Fußballerzeit. Du warst ein guter Bursch und daran wird sich bis heute wohl nichts geändert haben. Das mit dem Uwe damals, das war keine Absicht, ich hab´s ja genau gesehen, bin direkt am Spielfeldrand gestanden.

Gib´s nicht her, das Grundstück. Ich hab auch nicht so viel Wald. Leider. Nur das, was meine Frau gekriegt hat, als wir geheiratet haben. Ich war ja ein Flüchtlingskind aus Gutwasser in Böhmen. Dort wo der Heilige Gunther im Mittelalter gerodet hat. Darum mein Taufname. Und dann sind wir nach Bärnzell gekommen, auch am Gunthersteig gelegen und man hat uns gut aufgenommen, meine Mutter und mich. Niemanden hatten wir, mein Vater war gefallen und wir mussten weg. Und dann hab ich in Bärnzell meine neue Heimat gefunden, bin hier aufgewachsen, hab eine Bärnzellerin geheiratet und alle haben mich akzeptiert. Bis heute. Und darum kämpfe ich um meine Heimat. Ich weiß, wie es ist, sie zu verlieren.

Dagegen die vier Scheinheiligen, denen ist es wurst, die sehen nur das Geld, darum wollen sie jetzt kaufen, so viel wie möglich und später verkaufen, so teuer wie möglich."

Während die Inhalte seiner Sätze immer deutlicher wurden, ließ Gunthers Artikulation hörbar nach: „Gib´sch nicht her, Max. Und noch wasch, Makschl, bevor ich´s vergesche: Nächschte Woch´, nächschte Woche ischt Verschammlung. Die Windradler informieren über den Windpark. Er schpricht schelber, der Oschterer, der Inschi…, der Inschinör. Da muscht hin,

Makschl. Gantsch Bärntschell geht hin. Und, Makschl: Gib´sch nicht her!"

Gunther hatte mittlerweile dem Bier schon tüchtig zugesprochen, seine Zunge wurde immer schwerer und Max war froh, dass er zum Schluss gekommen war.

Nach seinem letzten Appell sah Gunther den Max lange fragend an, so lange, bis dieser die erlösenden Worte sprach:

„Ich hab nicht vor, zu verkaufen." Gunther lächelte so wie früher als Trainer, wenn er mit der Leistung von Max zufrieden war und dieser drei Tore geschossen hatte.

„Gut, Makschl."

Wenn er allerdings an das Gespräch mit Eva dachte, war sich Max gar nicht so sicher, ob er sein Versprechen auch halten konnte.

„Jiří, zahlen."

Max hatte den gerade vorbeieilenden Kellner gerufen.

„Komm´s gleich Max, hast dann Zeit? Is ruhig schon, kann sprechen Vrtlstunde."

Jiří kassierte den angeschlagenen Gunther ab, der sich auf den Fußweg in sein nur 20 Minuten entferntes Heimatdorf machte, setzte sich zu Max, sagte „stell dich vor", und begann ohne Umschweife zu reden.

Von der Katastrophe, die sich vor zwei Nächten ereignet hatte und von ihren Folgen. Jiří hatte einige tschechische Zeitungen mitgebracht, um seine

Behauptungen zu untermalen. Auch wenn Max nur einige Worte Tschechisch sprach, es reichte.

Alle Berichte auf der ersten Seite. Schlagzeilen so groß wie bei der Bildzeitung. Bilder, die eindeutig waren. Und Jiří übersetzte einige Kommentare, die Max die Haare zu Berge hätten stehen lassen, wenn er welche gehabt hätte.

„Wollen die Deutschen den Böhmerwald ein zweites Mal überfallen?"

„Krieg der Schilder."

„Tschechen, bereitet euch auf die Invasion vor."

„Kruminale, dass es so schlimm wird!"

„Ja, Max, schlimm. Du weißt nicht, was ich anheren muss. Du arbeitst bei dene, sagen sie. Bist Freind von Deitsche, sagen sie. Nimmst Geld von ihnen. Hilfst bei Vorbreitung Invasion. So blede Leit. Sowas gibt's gar nicht. Ich kenn kein Deitschn wo breitet Invasion vor. Trinken Bier in Breistiberl und am Ende denkens genau wie bei uns in Tschechien: Erstens wie bezahl ich Bier und zweitens wie komm ich heim?"

Jiří kannte die Sorgen der kleinen Leute. Grenzübergreifend.

„Abr, Max, jetzt sag i was, nur zu dir." Jiří beugte sich verschwörerisch über den Tisch. „Drei neue Gäste, sind noch nicht lang ins Breistiberl, denen wird ich das zutrauen."

„Was, Jiří?"

„No wos? So Nazizeig halt. Stecken immer Kopf zusammen, haben Nazigwand, Stiefel und so. Und haben zu mir gsagt Behmisches Arschloch. Nicht zu mir direkt, aber ich habs ghert. Denen wird ich das zutraun. Max, warum sag ich das zu dir? Du hast tschechische Freunde, kennst di aus und kannst vielleicht helfen. Die da dürfen nicht gwinnen."

„Da hast recht, Jiří, die da dürfen nicht gewinnen und ich verspreche dir, ich halte meine Augen offen. Dass du das auch machst, weiß ich sowieso."

„Sowieso, Max. Augen offen."

Mit diesen Worten entschwand Jiří, nach dem die Gäste im Lokal mittlerweile schon einige Male gerufen hatten.

„Augen offen", war der letzte Gedanke von Max, bevor er an diesem Abend an der Seite von Eva, die schon geschlafen hatte, als er heimgekommen war, die Augen schloss und wegdämmerte. „Augen offen."

***

Am nächsten Tag hatte auch der Bayerwaldbote, die lokale Ausgabe der Passauer Neuen Presse, die Nachricht von den Schilderspaxern aufgenommen. Nicht als Schlagzeile, aber immerhin mit einem Kommentar, der jedoch eher die Unmenschlichkeit der Benesch-Dekrete anprangerte und von „wütenden Reaktionen jenseits der Grenze" sprach.

Kaum hatte Eva, die Deutschlehrerin, die heute am Gymnasium den ganzen Vormittag Unterricht zu geben hatte, sich verabschiedet, da klingelte das Telefon.

Der Direktor des Gymnasiums war dran.

„Ist etwas mit meiner Frau?", fragte Max beunruhigt.

„Nein, nichts. Ich hab grad mit ihr gesprochen, bevor sie in den Unterricht ging und ich habe nach dem Gespräch beschlossen, Sie anzurufen, Herr Esterl. Diese Geschichte mit den Ortsschildern im Böhmerwald lässt mir keine Ruhe. Da versucht jemand, gewaltige Keile zwischen uns zu treiben und wir werden wahrscheinlich die Opfer sein. Wenn die Stimmung so schlecht wird, ist das Gift für unser Projekt." Da stimmte Max uneingeschränkt zu. Der Direktor fuhr fort: „Ich erzähle Ihnen, Herr Esterl, jetzt etwas, das muss unter uns bleiben, versprochen?

Ich hab vor einigen Tagen einen anonymen Brief bekommen. Das passiert hier am Gymnasium öfter, darum hab ich mich nicht besonders aufgeregt darüber, aber jetzt, nach dem, was geschehen ist, bekommt der Brief ein ganz anderes Gewicht."

Auf Esterls vorsichtigen Einwurf „und ich, was soll ich…?" hin kam die Bitte des Schulleiters:

„Herr Esterl, in dem Brief steht Folgendes, in Frakturschrift, wie sie offensichtlich auch von den Schilderspaxern verwendet wurde:

„Wir wollen kein Bayerisch-tschechisches Gymnasium. Lasst die Finger davon!!!

Das Volk"

Bis heute habe ich den Brief nicht besonders beachtet und unter „Spinnertum" eingeordnet. Aber mit den Ereignissen von vorgestern Nacht bekommt er natürlich eine ganz andere Bedeutung."

Dem musste der Ex-Kommissar zustimmen.

„ Meine Bitte“, fuhr der Schulleiter fort. „Würden Sie sich den Brief anschauen, Herr Esterl, bevor ich ihn zur Polizei gebe. Sonst hätte ich diesen Brief bei meiner Kuriositätensammlung deponiert, aber nach diesen Nachrichten!“

Das sich gleich danach anschließende Gespräch im Direktorat war recht gut gewesen. Max hatte sich den Brief angeschaut und versprochen zu helfen, soweit es ihm möglich war.

Eine Koalition der Vernunft müsse man bilden, hatte der Direktor dem Max noch zum Abschied mitgegeben.

Vierte Hilfe

Als Max nach Hause kam, sah er das Display des Anrufbeantworters blinken und als er die hinterlassene Nachricht abhörte, vernahm er eine vertraute Stimme. Sein alter Freund Josef Holub von der Pilsener Polizei, der bei der Aufklärung einer bösen deutsch-tschechischen Drogengeschichte in diesem Sommer so eine wichtige Rolle gespielt hatte, wollte ihn sprechen.

„... Max, ruf mich´s an, wenns Zeit hast. Und auf alle Fälle viele Grieße an deine schene Frau."

Pepíček Holub, der alte Charmeur!

Max hatte die Nummer seines tschechischen Kollegen eingespeichert. Irgendwie ahnte er schon, welches Problem den Pepi heute beschäftigte.

„Hallo, Pepi, was ist los?"

Nach dem Austausch der üblichen Höflichkeitsfloskeln, ohne die bei Pepi gar nichts ging, kam der tschechische Polizist zum Thema.

„Max, was haben die gemacht? Scheiß Nazis, do prdele. Bei uns ist solche Ramasuri wie seit Grenzöffnung nicht mehr. Damals war gute Ramasuri, heute ist schlechte Ramasuri, ganz schlechte. Ich sags dir, seit zwei Tagen bin ich ins Behmerwald, Šumava. Spezialkommission. Spuren sind dinn. Ortstafln kannst an jedem Baumarkt kaufen und zuschneiden, Sprayfarbe vons Autolack, Šablona fir schreiben, wie sagt man da bei euch? Ah, Schablonen wie bei uns, siehst du Max, schon wieder Gemeinsames. Also Schablonen selbr gemacht. Und Špaxšrouby von OBI. Ist OBI in Zwiesel, oder? War selbst schon da.

Fußspuren hat Schnee vrdeckt. Nur Ašnbrenr ist Zeuge, hab mit ihm gesprochen, viele Grieße von ihm an dich, Max.

Bayerische Polizei ist eingeschaltet, macht aber nicht viel. Drum ruf ich an, Max. Du kennst doch Polizeichäf von Zwiesel?"

„Den Rindl Ludwig, klar kenn ich den. Du doch auch. Bei der Hauswaldkapelle in Rehberg haben wir ihn getroffen, heuer im Sommer, am Himmelfahrtstag. Wir waren Kollegen, als ich noch in Zwiesel bei der Polizei war. Vor dreißig Jahren. Und, was soll ich mit ihm?"

„Stimmt es, dass er aus Šumava stammt, aus Srni, Rähberg?"

„Er nicht, aber seine Eltern, soviel ich weiß."

„Max, das was ich dir sage darfst nie jemand anderm erzählen, vrsprichst?"

Heute war offenbar der Tag der Diskretion. Schon zum zweiten Mal innerhalb einer Stunde gab Max dieses Versprechen.

„Kann Untetigkeit vom Rindl daher kommen, dass ist selbr Behm?"

Max musste ob der Wortwahl des Freundes schmunzeln.

„Ich glaub´s nicht, Josef. Der Ludwig ist vielleicht nicht der Schnellste, das kann gut sein. Aber Nazi ist er keiner und Hass auf euch Tschechen hat er auch nicht.

Doch man kann in niemanden hineinschauen, das wissen wir alle."

„Abr, Max, da hab ich Bittä. Kannst du mit Rindl sprechen und Gas gäben?"

Als der Pepi sein Zögern bemerkte, fügte er schnell hinzu: „Vielleicht nimmst du Eva mit, auf die hört Rindl noch besser als auf dich."

Hatte Pepi da Recht? Der Eva konnte Rindl kaum eine Bitte abschlagen, das hatte Max bei seinen letzten beiden Fällen festgestellt. Einerseits.

Die zwei Fälle hatte das zwar lösen geholfen, so ganz leicht schluckte der Max den Kommentar seines tschechischen Freundes andererseits aber nicht: „Auf die hört Rindl besser als auf dich!"

Was der Pepi sich einbildete!

Auf alle Fälle hatte Max seinem Freund zum Schluss des Telefonats versprochen, mit Rindl zu reden. Diskret zu reden.

Bald mit ihm zu reden.

***

Seit einer halben Stunde saß der Ex-Kommissar nun schon am Küchentisch, das Telefon vor sich und überlegte, wie er seinem Freund Ludwig Rindl Gas geben konnte, ohne gleich wieder in den heftigsten Streit mit ihm zu geraten.

Max gab sich einen Ruck, nahm das Telefon und wählte die Dienstnummer des Polizeichefs. Es dauerte eine Weile, dann meldete sich eine weibliche Stimme.

Die Polizistin, deren Namen Max nicht verstanden hatte, antwortete ihm auf seine Frage nach dem Chef, dass dieser dienstlich unterwegs sei. Auf sein Nachfragen teilte sie Max gnädig mit, dass Ludwig Rindl bei einer wichtigen Tagung zur grenzüberschreitenden Kooperation von Sicherheitskräften sei und die nächsten drei Tage nicht belästigt werden dürfe. Die Tagung sei in Tschechien, den Namen des Ortes könne sie nicht aussprechen. „Dom…, Doma… und dann so ein Salat hintendran."

„Kruminale, ausgerechnet in Tschechien ist er", dachte Max, nachdem er sich bedankt und verabschiedet hatte. „Domažlice wahrscheinlich. Taus auf Deutsch." Darum hatte sich bei der Zwieseler Polizei nicht viel getan. Max nahm sich vor, abzuwarten, bis Ludwig von seiner Tagung zurückkam. Warum sollte er sich immer um alles kümmern? Er zählte zusammen. Fünf Menschen hatten ihn in den letzten drei Tagen um Hilfe gebeten, das waren 1,66 pro Tag, wenn er die vier Bärnzeller dazuzählte, erhöhte sich die Statistik auf drei pro Tag. Das war zu viel für einen Pensionisten, da musste man ja fast schon einen Plan machen, um das abzuarbeiten.

Max beschloss, erst ein Mittagessen für Eva und sich zuzubereiten, nach dem Essen ein Schläfchen zu machen und anschließend bei Gunther anzurufen, dem einzigen seiner Freunde, der mit den Spaxern nichts zu tun hatte.

Ein Spaziergang in den Bärnzeller Wald würde ihm gut tun. Und dass er einen Christbaum besorgte, das war jetzt auch schön langsam fällig. Eva wollte diesmal einen größeren, weil doch Anna angekündigt hatte, über die Weihnachtstage von Passau nach Zwiesel zu kommen. Wie in alten Zeiten würden sie feiern. Max freute sich schon darauf.

Aber jetzt war erst einmal das Mittagessen fällig. Etwas Einfaches sollte es sein, so ging es Max durch den Kopf. Etwas, das nicht so im Magen lag, wenn er mit Gunther am Nachmittag eine Tour unternahm.

Max Esterl machte sich auf den Weg zu einem seiner Lieblingsmetzger, dessen Weißwürste dafür bekannt waren, dass sie besonders locker und fluffig waren.

Der Sprung der Bayerwaldkatze

Max hatte sich mit Gunther am Dorfende von Bärnzell getroffen, am Parkplatz vor dem Schützenhaus. Schweigend hatten sie die Langlaufskier angeschnallt, die Stöcke genommen und waren losgezogen. Dem Gunther schien es peinlich zu sein, dass er gestern ein wenig zu tief ins Glas geschaut hatte, er murmelte etwas das wie „soviel ich mich erinnern kann…“ klang und schwieg dann zum Glück, während die beiden zunächst die Loipe Richtung Taferlbaum und Frauenau hochgingen. Sehr viel Schnee lag zwar nicht, aber zum Langlaufen reichte es. Der Zwieseler Loipendienst hatte allerdings noch nichts gespurt, die Feriengäste kamen erst am Weihnachtstag. Den beiden war dies egal, zunächst benutzten sie die Forststraße, dann arbeiteten sie sich durch den Winterwald nach oben, den Berg hoch.

Max merkte an seinen Oberarmen, dass er dieses Jahr zum ersten Mal Langlaufen war. Sie fühlten sich an, als wenn sie mit Butter gefüllt wären, die Stockeinsätze brachten ihn kaum vorwärts.

Obwohl er spuren musste und obwohl er gut zehn Jahre älter war als Max, hatte Gunther im Nu 20, 30 Meter Vorsprung. Max ächzte hinterher und vergaß vor lauter Anstrengung, die Natur zu genießen. Die drei Paar Weißwürste, so überlegte Max, waren doch ein wenig zu viel gewesen. Kruminale.

Erst als Gunther oben am Bergkamm angelangt war, legte er eine Pause ein und wartete, bis Max sich keuchend hochgearbeitet hatte.

„He, Staderer, hast keine Kondition.“ Max kam sich vor wie früher, als der Gunther noch Trainer und er sein Spieler war. Schwer atmend stützte er sich auf seine Skistöcke.

„Da, schau, was man von hier für einen prächtigen Ausblick hat.“ Mit dem Skistock zog Gunther einen Halbkreis.

„Ganz rechts da, direkt vor der böhmischen Grenz der Kiesruck. Seit fertn ist er kahl, plattert wie du, Max Esterl. Die Borkenkäferl haben ihn so zugerichtet, der Nationalpark hat wochenlang herausgehauen, was man noch heraushauen konnte, die Holztransporter fuhren pausenlos. Jetzt hat man einen schönen Blick von dort droben, sagt man. Kein Baum stört mehr.

Dann die Grenzberge bis hin Richtung Gsenget, darüber siehst du langgestreckt den Lakaberg. Der ist schon tschechisch aber noch nackerter als der Kiesruck. Direkt vor dem Lakaberg schiebt sich der Falkenstein mächtig ins Bild. Von hier aus sieht man am besten, was für ein gewaltiger Bergrücken das ist. Nach Nordosten zu flacht er sanft ab zum Ruckowitzschachten, dahinter erhebt sich der böhmische Fallbaum. Dann geht's runter ins Eisensteiner Hochtal und gleich wieder hoch zum Panzer und zum Spitzberg im Böhmischen.“ Ganz hinten und zartblau erkannte Max den Špičák mit seinen charakteristischen Skiabfahrten.

Der Skistock von Gunther wanderte nach links.

„S´Zwercheck mit seinem riesigen Felsenmeer, da oben drüber verläuft direkt die Grenze. Dann der Brenespass und der Arber.“

Der Große Arber stand majestätisch in der Mitte der Szenerie, er überthronte das bayerische Mittagsplatzl, von dem aus man so einen herrlichen Blick auf den Großen Arbersee hatte und er überragte um Längen den Hennenkobel, zu dessen Füßen wiederum das Bergdorf Rabenstein lag.

Der Skistock wanderte weiter zur Bischofshaube, dem Bodenmaiser Silberberg, er streifte den Eingang ins Zellertal, das sich von Bodenmais nach Norden hin erstreckt und machte dann, im Westen, beim Kronberg mit seiner langgestreckten Gipfelregion Halt.

„Des hättst dir net denkt, Staderer, dass da bei uns heroben so schön ist."

Ganz deutlich merkte Max den Stolz in der Stimme seines Ex-Trainers.

„So, und jetzt schaust auf die andere Seite. Was siehst da?"

„Nix", antwortete Max, denn der Blick auf diese Seite war von Bäumen verstellt. „Nix, außer Bäume."

„Bis jetzt noch, Max, bis jetzt. Aber dann, wenn die Surmerradl alle stehen, dann siehst du nur Stangen, Masten siehst du, verstehst. Noch nicht einmal die Rotoren siehst du, weil dann müsstest du deinen Kopf ins Genick legen und fast senkrecht nach oben schauen, weil die sind nämlich über 200 Meter hoch. Und bei dem Wind, der heute geht, könnten wir uns vielleicht gar nicht mehr so gut unterhalten wie jetzt, weil es summen und brummen und pfeifen würde. Du würdest nicht mehr hierher gehen wollen, wenn das Teufelswerk erst einmal vollendet ist, Max Esterl. Aber was mach ich?", fuhr Gunther mit trauriger Stimme fort. „Das ist mein Wald, meine Heimat, auch wenn mir nur ein ganz kleiner Teil davon selber gehört. Ich muss hierher gehen, weil ich nichts anderes habe, nichts anderes kenne und woanders hin nicht mehr will. Nicht noch einmal. Und nicht mehr, in meinem Alter.

So, und jetzt gehen wir zum Waldteil vom Onkel Karl, einen schönen Christbaum suchen. Und dann laufen wir heim, nach Bärnzell. Es wird eh schon dämmrig, bis wir daheim sind, ist es finster. Und dann trinken wir einen Tee bei mir zu Hause und ich erzähl dir, was du noch wissen willst."

Noch nie hatte Max so eine lange Rede vom Gunther gehört. Schweigend setzten die beiden ihren Weg fort und nach etwa zehn Minuten stoppte der durch den Schnee spurende Gunther, lächelte seinen Kameraden an, der ihn von hinten fast umgefahren hätte, deutete etwas pathetisch um sich und sagte:

„Da samma, such dir einen Christbaum, das ist Karlsruhe."

Auf die fragenden Blicke seines Gegenübers antwortete Gunther lächelnd:

„Wenn er seine Ruhe brauchte, der Karl, und in seinen Wald ging, dann sagte er immer, er gehe nach Karlsruhe."

Max schaute sich um. Fichten, schätzungsweise 30, 40 Jahre alt, dazwischen Jungwuchs, ein paar Tannen, ein paar Buchen, einige Felsen, nichts Besonderes.

„Aber meins", überkam den Max auf einmal ein gewisser Besitzerstolz, etwas, das er bis dahin bei sich nicht gekannt hatte und über das er im gleichen Moment lächeln musste.

Ein schöner Christbaum war schnell gefunden und geschnitten. „Den bringen wir gleich an den Forstweg, dann kann ich ihn die nächsten Tage mal mit dem Bulldog mitnehmen, ich muss sowieso nochmal hierher, Wild füttern."

Gunther zeigte, während sie zur nur ein paar Schritte entfernten Forststraße gingen, Max die Grenzen seines Grundstücks. „Hier die Forststraße, drüben das Bacherl…, das wirst du schon kennenlernen. Besorg dir einen Plan beim Vermessungsamt. Eha, was ist denn das?"

Gunther war gerade dabei, das eben geschnittene Tännchen neben die Forststraße zu legen, da war ein Geräusch zu hören, ein Motorengeräusch, das sich rasch näherte und lauter wurde.

„Von den Bauern ist das keiner, die fahren alle einen Bulldog hier im Wald, bis auf einen, der fährt einen Unimog. Und der Jagdbesitzer, der hat einen alten, klapprigen Lada, der klingt anders.

Das werden doch nicht wieder diese Windradschweine sein, die hier andauernd umherfahren und so tun, als ob ihnen der Wald schon gehört. Na wartet!"

Mit diesen Worten war Gunther, den Christbaum noch in den Händen, auf die verschneite Straße hinausgetreten und fuchtelte dem schwarzen Mercedes-Geländewagen entgegen, der gerade eben aufgetaucht war und mit ziemlicher Geschwindigkeit, eine riesige Schneewolke hinter sich herziehend, die schmale Forststraße entlang direkt auf Gunther zufuhr. Die Scheinwerfer des Geländewagens waren aufgeblendet, sodass man nicht erkennen konnte, wer im Wagen war.

Gunther, der nun mitten in der Straße stand, streckte sein Bäumchen dem Wagen entgegen, als ob er diesen damit aufhalten wolle. Der Mercedes aber fuhr mit unvermittelter Geschwindigkeit auf ihn zu.

Max wollte reagieren, die kleine Böschung hinauf auf die Straße sprinten und den immer noch auf und nieder springenden Freund vor dem Auto wegstoßen, vergaß aber, dass er noch die Langlaufskier an den Füßen hatte. Die Bretter rutschten bei seinem Antritt nach hinten durch, Max versuchte sich noch mit den Stöcken abzustützen, vergeblich. In voller Länge flog er nach vorne und landete mit dem Gesicht im Schnee, halb auf der Böschung, halb auf der Straße.

Max hörte ein langgezogenes Hupen, einen Schrei, der allerdings eher ein Zornes- als ein Todesschrei war, dann entfernten sich die Fahrgeräusche und Max gelang es, sich zumindest mit Gesicht und Oberkörper aus dem Schnee zu befreien. Vorsichtig lugte er, inzwischen auf den Knien robbend, weil die Skier an seinen Füßen nichts anderes zuließen, auf die Straße hinauf. Nichts war zu sehen.

„Mein Gott, sie werden den Gunther doch nicht überfahren und mitgeschleift haben", war Max' erster Gedanke. Die Skier immer noch an den Füßen, schleppte sich der Ex-Kommissar endgültig auf die

Straße und versuchte dort aufzustehen. Mit den Skiern war das gar nicht so einfach.

Max entfuhr ein lautes Stöhnen.

Er hörte ein Echo. Ein Echo von jenseits der Straße. Auch ein Stöhnen. Und dann ein Fluchen, eine Schimpfkanonade, wie er sie noch selten gehört hatte, wie er sie aber von seiner Zeit auf den Fußballplätzen des Bayerwaldes noch gut in Erinnerung hatte:

„Es Dorschtenköpf, grindige glatzkopfade Schwoischädln, Dreckhaffan mistige, Braunbrunzer….“

Max ließ sich, die Skier immer noch an den Füßen, auf den Rücken fallen und lachte, lachte, fast eine Minute lang. So lang, bis ihm der Freund den Atem nahm, der sich vor Erleichterung auf Max gestürzt hatte und ihn fast erdrückte. So, wie früher beim Torjubel.

„Wie, wie hast du´s denn geschafft?“, stieß Max schließlich hervor, „wie bist du da noch weggekommen? Das gibt´s doch nicht.“

„Weißt du´s nicht mehr, Bomber? Ich war doch früher Tormann: Gunther, die Bayerwaldkatze. Den Paradesprung hab ich immer noch drauf. Aber das war ja vor deiner Zeit, junger Dutterer.“

Die beiden klopften sich gegenseitig den Schnee aus ihren Kleidern, ließen den Christbaum liegen, machten sich schweigend auf den Heimweg und sagten kein Wort, bis sie beim Parkplatz am Schützenhaus waren. Inzwischen war es stockfinster.

Beim Gunther machten es sich die beiden mit einem Schalerl Tee auf der Ofenbank gemütlich. Marerl, die

Frau von Gunther, hatte gerade Plätzchen gebacken, die beiden Freunde ließen sich nicht zweimal bitten und langten ordentlich zu. Ihren roten Gesichtern sah man den Aufenthalt im Freien noch an. Immer wieder schüttelten die Freunde den Kopf ob des ungeheuren Vorfalls, bis der Ältere der beiden das Wort ergriff:

„Da hast du´s selber gesehen, was das für Leute sind, die Windradler. Rücksichtslos und brutal. Wer sich ihnen in den Weg stellt, wird verräumt."

„Bist du dir sicher, dass es überhaupt die Windradleute gewesen sind?", fragte Max, entgegen seiner eigenen Überzeugung. Dass der Wagen mit voller Absicht auf seinen Freund losgefahren war, daran hatte Max keinen Zweifel und dass so etwas keiner von den einheimischen Waldbauern tat, daran zweifelte er erst recht nicht.

„Ein Mordversuch ist das gewesen, aber ich mag´s gar nicht anzeigen. Die würden alles abstreiten, die drei Glatzen, die Helfershelfer vom Osterer."

„Wie, du kennst die?" Max war überrascht, er selber hatte nämlich, dank seines dämlichen Sturzes, überhaupt nichts mitbekommen. Bis er sich aufgerappelt hatte, war der Mercedes schon, eine riesige Schneewolke nach sich ziehend, hinter eine Straßenbiegung verschwunden.

„Natürlich kenne ich die drei. Der Osterer hat sie mitgebracht, der zukünftige Windparkmanager. Ingenieur schimpft er sich und aus der Gegend von München kommt er. Nachdem fertn nicht mehr viel vorwärts gegangen ist in Sachen Windpark, hat die Stadt

München sich etwas zurückgezogen und die Geschäfte offenbar einem Privatunternehmen übertragen. Und der Osterer ist der Chef davon. Wie das alles genau zusammenhängt, weiß ich auch nicht, da blickt keiner mehr durch. Und das ist auch die Absicht von denen da oben. Die stehen fein da in der Landeshauptstadt, als Umweltschützer, die auf saubere Energie setzen. Die Drecksarbeit lassen sie den Osterer machen und der deligiert wiederum auf seine drei Dorschtenköpf und die machen dann die Scheißdrecksarbeit." Gunther drohte mit der Faust in die Richtung, in der er die Landeshauptstadt München vermutete.

„Die wollen uns unter Druck setzen, mit allen Mitteln. Einige haben die Windradler schon auf ihrer Seite. Du hast ja mit denen gesprochen, auf der Beerdigung. Die wollen dir den Wald abluchsen, Max, damit sie ihn teuer verkaufen oder verpachten können. Diese paar Waldbauern, die dich auf ihre Seite bringen wollten, haben sie mit Geld geködert. Die stehen bereits auf der Lohnliste des Herrn O. Einige andere überlegen noch, die versucht der Osterer zu schmieren, wo es immer geht. Der Herr Ingenieur gibt sich als Biedermann, dem es um die Umwelt geht, der wirft mit farbigen Hochglanzprospekten nur so um sich. In Wirklichkeit geht es ihm aber nur um das Eine."

Max machte die wohlbekannte Zählbewegung mit Daumen und Zeigefinger.

„Und darum hat er auch seine drei schwarzen Sheriffs angestellt. Du hast sie ja heut gesehen, das heißt, gesehen hast du sie nicht direkt, aber ihr Auto, den schwarzen Geländewagen. Die machen dem Osterer seine Drecksarbeit. Angeblich sind sie Waldarbeiter. Sie sollen sich um die paar Waldteile kümmern, die der Osterer schon in seine Finger gekriegt hat. Aber arbeiten hat die noch keiner gesehen, die Schwarzglatzen. Die versuchen, sich an die Waldbesitzer ranzumachen, erst mit dem Zuckerbrot. Und wenn sie Widerstand spüren, dann packen sie die Peitsche aus. Hast ja gesehen heute Nachmittag. Ich bin der Widerstand. Und noch drei andere Waldbauern. Wir verkaufen nicht, wir verpachten nicht. Kategorisch. Und es wär schön, wenn du deine paar Bäume auch nicht verkaufen würdest, Bomber. Hast ja sicher keine schlechte Pension, nach all den Jahren in München, und deine Frau verdient auch, oder? Wirst sie nicht notwendig haben, die paar Netscherl."

Gunther holte Atem. Schon wieder so eine lange Rede vom Trainer, dessen Gesichtsfarbe inzwischen von einem hellen in ein dunkles Rot gewechselt hatte. Man sah ihm an, wie tief ihn die Geschichte mit den Windrädern aufwühlte.

Als Max an diesem Abend von Bärnzell heim fuhr, stand für ihn fest: Verkaufen würde er nicht, obwohl es sich keineswegs nur um ein paar Netscherl handelte. Das war er auch dem Onkel schuldig.

Ob er, wie vom Trainer erhofft, auch dem Bärnzeller Verein gegen die Windkraft beitreten würde, das wusste er noch nicht. Einerseits wollte Max seine Heimat so erhalten, wie sie war, in ihrer ganzen ursprünglichen Schönheit. Andererseits konnte man nicht nur jammern und über die Erderwärmung klagen. Ein Anhänger des Floriansprinzips wollte Max Esterl nicht sein.

„Da muss ich mit Eva sprechen", überlegte Max, bevor er aus dem Auto stieg und seinen Hausschlüssel suchte.

Im Wohnzimmer brannte Licht. Eva war gerade beim Bügeln und schaute nebenbei fern. Als sie hörte, dass ihr Mann die Wohnung betreten hatte, rief sie nach ihm. „Max, Max, komm schnell und schau, was da gerade im Fernsehen läuft. Der Bericht ist schon fast am Ende." Max beeilte sich ins Wohnzimmer, seine Winterjacke noch im Gehen ausziehend. Ein tschechischer Politiker gab gerade ein Interview für das Bayerische Fernsehen. Auf Englisch! Wenn es noch eines Arguments für ein bayerisch-tschechisches Gymnasium bedurft hätte, dann wäre es diese Sprachenkombination gewesen. Unter Nachbarn sollte man sich direkt verständigen können, dachte Max und weiter dachte er mit schlechtem Gewissen daran, dass er die Teilnahme an einem Tschechischkurs bei der VHS schon seit seiner Pensionierung aufschob. Aber egal, wichtig war im Moment, was dieser Mann, ein Oppositionspolitiker, sagte.

Genau das kam aus seinem Mund, was alle befürchteten, die Max in den letzten Tagen um Hilfe ersucht hatten.

„… Sind in unserem Nachbarland wieder Kräfte am Werk, die an die schlimmsten Zeiten erinnern … wer ist verantwortlich dafür? … warum unternimmt die deutsche Seite nichts dagegen? … darum sollte von unserer Seite her Druck gemacht werden."

Auf die Frage der Reporterin, wie denn dieser Druck aussehen könne, antwortete der Politiker mit einem grimmigen Blick: „Diplomatischer Druck und die Drohung, alle gemeinsamen Projekte zu stoppen. Die Deutschen sollen merken, dass sie von uns mehr bekommen, als sie selber geben. Nehmen Sie als Beispiel unsere Ärzte: Wir haben einen Notstand, weil viele unserer gut ausgebildeten Ärzte in Bayern oder Sachsen arbeiten. Und unsere Ärzte müssen bis ins hohe Alter schuften, damit überhaupt die Versorgung gesichert werden kann. In Pilsen, gnädige Frau", fuhr der Politiker mit einem Haifischlächeln fort, „in Pilsen hat man in der Tram einen über achtzigjährigen Arzt aufgefunden, der so desorientiert war, dass er nicht mehr nach Hause fand. Was meinen Sie, wo dieser Mann herkam? Aus seiner Praxis, wo er den ganzen Tag ordiniert hatte. So sieht es bei uns aus.

Davon sagt diese neue Pegida-Straßen-Bewegung in Deutschland nichts, die jetzt andauernd gegen die Ausländer hetzt. Wir verlieren unsere besten Leute an sie und die Deutschen haben nichts anderes zu tun als unsere Ortsschilder zu germanisieren. Und das auf unserem Hoheitsgebiet. Tschechen, wehrt euch, kann ich da nur sagen."

Nach diesem letzten Satz setzte der Politiker noch eins drauf, indem er die Faust ballte und hob. Offenbar war er Mitglied der Kommunistischen Partei.

Eva wartete den Abspann der Sendung nicht ab, schaltete den Fernseher aus und sah ihren Mann an: „Tu was, Max. Alle müssen zusammenhelfen in dieser Situation. Es darf doch nicht sein, dass alles wieder so wird wie früher und dass die Ewiggestrigen auf beiden Seiten wieder Oberwasser bekommen."

In dieser Nacht schlief Max schlecht. Immer wieder lief der Film mit dem heranbrausenden Geländewagen vor seinen Augen ab. Wenn Max gewusst hätte, was in dieser Nacht passierte, hätte er wahrscheinlich noch weniger Schlaf gefunden.

***

Ein schwarzer Geländewagen fuhr, weit nach Mitternacht, langsam in den Innenhof des Zwieseler Gymnasiums, zwei schwarzgekleidete Männer mit hochgezogenen Kapuzenpullis stiegen aus, während der Wagen von einem Dritten gewendet wurde und mit laufendem Motor stehen blieb. Die beiden Schwarzgekleideten hatten Spraydosen dabei und machten sich sofort an ihr Werk.

***

Als Eva am nächsten Morgen zum Gymnasium Zwiesel, ihrer Arbeitsstelle ging, war es noch stockfinster. Es war früh, eine Stunde vor Schulbeginn, denn Eva wollte noch einige Verwaltungsaufgaben erledigen, zu denen sie Ruhe brauchte.

Es hatte in den Morgenstunden ein wenig geschneit, und die Deutschlehrerin genoss den zehnminütigen Fußweg zu ihrer Arbeitsstätte. Sie hatte extra den Weg durch den Stadtpark gewählt, der am Großen Regen entlangführte und saugte genussvoll die nach frisch gefallenem Schnee riechende Luft ein. Niemand war noch unterwegs, nur einige Enten traf sie am Wasser. Bettelenten, die hofften, von ihr mit Brotresten gefüttert zu werden. Eva querte den Regenfluss über die Fußgängerbrücke beim Feuerwehrhaus und stand nach wenigen Schritten vor der Dreifachturnhalle des Gymnasiums. Sie ging über einen der zu dieser frühen Stunde noch verwaisten Kollegenparkplätze auf einen Seiteneingang zu und kramte ihren Schulschlüssel aus der Tasche.

Dabei fiel ihr Blick schräg nach oben auf die Wand und sie zuckte zusammen. Das was sie sah, bestätigte ihre Befürchtungen, die sie nach dem Ortstafelfrevel im Böhmerwald immer gehabt hatte. In großen, schwarzen, gesprayten Blockbuchstaben stand dort: „KEIN TSCHECHENGYMNASIUM IN ZWIESEL!!!!“

Mit zitternden Händen entsperrte Eva die Schultür und lief Richtung Lehrerzimmer, um zu telefonieren. Ihr Handy nahm die Deutschlehrerin grundsätzlich nicht mit in die Schule. Sie wollte den Mobilfunk-Junkies unter der Schülerschaft ein gutes Vorbild sein. Unterwegs begegnete Eva dem Hausmeister der Schule, der kopfschüttelnd den Gang entlangging und ein ziemlich großes Schild unter dem Arm hielt. „Stellen´s Ihnen vor“, begrüßte er die Lehrerin, „die Schüler werden immer frecher. Jetzt haben´s heut Nacht ein Schild vor den Haupteingang gespaxt, mit einem neuen Namen für´s Gymnasium, in ana so ana alten

Schrift. A so a Krampf, i hätt mir denkt, mir samma ab jetzt ´s Klostermann-Gymnasium."

Nach diesen Worten hielt der Hausmeister der Eva das zweimetergroße Schild entgegen.

Darauf stand in großen Frakturlettern: „KONRAD HENLEIN-GYMNASIUM" und, etwas kleiner „Henlein statt Klostermann!".

„Von dem Henlein hab i no nia nix g´hört. Da is mir ja der Klostermann no lieber."

Zorn kam hoch bei Eva Esterl. Das war der Gipfel!

Ausgerechnet Henlein, den Steigbügelhalter Hitlers in Böhmen hatten sich diese Spaxer zum Vorbild genommen. Einen größeren Gegensatz als den zwischen Klostermann auf der einen und Henlein auf der anderen Seite konnte Eva sich kaum vorstellen.

Die Versammlung

Eigentlich hatten Eva und Max Esterl sich vorgenommen, in der Adventszeit zur Ruhe zu kommen, Veranstaltungen und Stress eher zu meiden und daheim zu bleiben. Aber diese Vorsätze ließen sich nicht durchhalten. Eva hatte noch viel zu korrigieren und da an Weihnachten Anna, ihre Nichte sie besuchen wollte, musste sie bis zu den Ferien mit ihren Arbeiten fertig sein.

Eine Veranstaltung, die allerdings in keinem Zusammenhang mit dem Advent stand, wollten die beiden auf keinen Fall versäumen:

Die Windenergie-Gesellschaft gedachte, die Bevölkerung mit einem Informationsabend „aufzuklären". Plakate waren aufgetaucht, über Zeitungsanzeigen wurde dafür geworben, sogar dem Rundfunk war der Infoabend eine Meldung wert gewesen.

Max hatte erst gezögert und überlegt, ob er zu dieser „Propagandaveranstaltung" gehen sollte, dann aber hatte Gunther bei ihm angerufen und ihn davon überzeugt, dass er unbedingt dabei sein müsse. „Es müssen viele von uns hingehen, damit sie keine Lügen verbreiten können. Wir müssen aufstehen und uns wehren."

Max wusste, dass so ein Verhalten überhaupt nicht typisch für einen Mann wie Gunther war. Der Gunther war eben ein Waldler, kein Stadtmensch, ein Dulder und kein „Wutbürger".

Für Eva war die Teilnahme an dem Infoabend sowieso keine Frage gewesen. „Sich informieren ist Pflicht", hatte sie Max ins Gewissen geredet und „Wer nichts weiß, muss alles glauben", das Motto ihrer Lieblingssendung, der „Science Busters" vom ORF hinzugefügt.

Dieses Motto hatten offenbar mehr Menschen im Zwieseler Winkel: Der zum Veranstaltungssaal ausgebaute Dachboden im Alten Mädchenschulhaus in Zwiesel war fast bis auf den letzten Platz besetzt, als die Esterls den Saal betraten.

Einige Plakate konnte Max sehen, die Pro- und die Kontrasprüche hielten sich aber in etwa die Waage. Gunther saß inmitten einer Gruppe Bärnzeller Windkraftgegner, aber auch die Befürworter waren, wie es schien, gut vertreten. Drei der vier Bauern, die Max damals auf der Beerdigung angesprochen hatten, hatten einige Tische weiter vorne Platz genommen.

Die Stimmung war aufgeregt, das lebhafte Stimmengewirr wurde nur übertönt von den Rufen der Bedienungen, die es nicht leicht hatten, ihre Getränke an die Richtigen zu bringen.

An der Stirnseite des Saals war ein kleines Podium mit einem Rednerpult aufgestellt, dahinter sah Max eine große Leinwand.

Vor der Leinwand hatten sich drei Männer postiert. Kahlrasiert waren sie, etwa vierzig Jahre alt, schätzte Max, zwei von ihnen, die beiden größeren, sahen durchtrainiert aus. Sie trugen Schwarz, schwarze Anzüge, schwarze Hemden, dunkle Krawatten. Sie hatten ihre Augen auf das Publikum gerichtet, die Hände hinter dem Rücken verschränkt. Max erinnerten sie an

Leibwächter, mehr aber noch an SA-Leute. Ein leichtes Kribbeln in seinem Nacken ließ sich vernehmen, mit solchen Leuten hatte der Ex-Kommissar während seiner aktiven Zeit nur schlechte Erfahrungen gemacht.

Neben dem Podium stand ein blonder, etwa 45-jähriger Mann mit Trachtenanzug, Krawatte und einer Nickelbrille. Er war ins Gespräch mit dem vierten der Bärnzeller Pro-Windkraft-Bauern vertieft, der ihn offensichtlich etwas fragte. Der Mann nickte zuerst, erklärte dann gestenreich, schlug dem Bauern auf die Schulter und führte ihn zum Rednerpult, wo er ihm das Mikrophon einschaltete. Er selbst nahm auf einem Stuhl daneben Platz.

Der Bauer räusperte sich einige Male, sagte dann „Test…Test…Test“ und begrüßte „Die verehrten Freunde namens und seitens der Bewegung der Windkraftfreunde im Bayerischen Wald.“ Nach einigen Pfiffen, die er geduldig ertrug, kündigte der Windkraftfreund eine Filmdokumentation zur Windenergie an.

„Propaganda“, hörte Max rufen, doch als der Film begann, wurde alles ruhig. Es war Propaganda, aber es war gut gemacht. Die Probleme der Windkraft wurden angesprochen, aber kleingeredet, die Vorteile dagegen dick herausgestellt.

Nachdem der Film zu Ende war, kündigte der Windkraftbauer das „Hauptreferat des heutigen Tages, vorgetragen von unserem Ingenieur Dr. Alwin Osterer von der Gesellschaft für Windenergie im Bayerischen Wald“ an. Wieder Beifall und Pfiffe. Der Ingenieur trat an das Mikrophon.

„Gute Figur, selbstbewusst, kompetent", flüsterte Eva Esterl ihrem Mann zu.

„Wart´s nur ab", gab der skeptisch zurück, „bis sein Vortrag beendet ist."

Eva hatte Recht gehabt. Der Ingenieur Osterer erwies sich als versierter Fachmann und relativ guter Redner, er sprach offensichtlich nicht das erste Mal vor kritischem Publikum und er verstand es geschickt, auf die Argumente der Kritiker einzugehen. Wie ein Judokämpfer, dachte Max, er lässt die Gegenargumente verpuffen, indem er ihnen den Schwung nimmt und verwendet sie sogar dafür, selber in Schwung zu kommen. Bis hierher hatte der Redner eher sachlich argumentiert und sein Publikum professionell gesiezt, doch jetzt änderte sich mit einem Mal sein Ton.

„Ihr seid gegen Temelin? Siebzig Kilometer Luftlinie von hier in der Tschechei steht dieser Reaktor, dieses Sicherheitsrisiko. Fühlt ihr euch noch wohl in so einer Nachbarschaft? Was ist, wenn dort etwas passiert? Die Tschechen sind rücksichtslos. So kennen wir sie. So waren sie schon immer. Sie wollen in den nächsten Jahren noch zwei Reaktoren bauen. Fast eine Milliarde Gewinn machen die pro Jahr mit ihrem Reaktor. Das könnt ihr in der Zeitung nachlesen, sogar im Bayerwaldboten steht´s. Und ihr mit eurem Widerstand wollt den Tschechen noch einmal Geld hinterherwerfen, statt mit dem Windpark selber Gewinn zu machen.

Entschuldigt, dass ich das so unverblümt sage: Tragt das Geld rüber zu den tschechischen Geschäftemachern, statt es bei euch, hier in Bayern, im Bayerischen Wald zu lassen. Die lachen sich ins Fäustchen über ihre blöden Nachbarn. So wie sie es immer schon getan haben, die Tschechen."

„Hat der Osterer etwas gegen Tschechen, weil er so abfällig von ihnen spricht?", raunte Eva ihrem Mann ins Ohr. „Wie der das Wort ausspricht, das kommt mir so vor, als ob er jedes Mal ausspucken würde."

Max legte einen Zeigefinger auf seinen Mund. Er wollte nichts von Osterers Rede versäumen.

„Wir müssen ihnen ihren Temelinstrom in Zukunft abkaufen, teuer kaufen, wenn wir keine Alternativen haben. Habt ihr Alternativen zu diesem tschechischen Atomstrom? Wollt ihr, dass in Nordböhmen oder auch bei uns wieder die Kohlekraftwerke angeworfen werden, diese Dreckschleudern? Wollt ihr Sicherheit vor dem Atom und saubere Luft zugleich?"

Max beobachtete die Zuhörer. Viele von ihnen nickten.

„Es gibt keine andere Alternative: Wir brauchen die Windkraft."

Und so ging es weiter. Nach ungefähr dreißig Minuten waren die meisten der Zuhörer so eingelullt durch die Worte des Ingenieurs, dass sie alles, was dieser sagte abnickten.

„Hab ich´s dir nicht gesagt?", zischte Eva ihrem Mann zu. „Der kann die Leute überzeugen, ein Demagoge ist das."

„Mir ist er viel zu glatt."

Jetzt holte der Ingenieur langsam zu seinem letzten Schlag aus.

Er machte eine Redepause, während der er sein Publikum fixierte.

„Ihr seid gegen Temelin?“, wiederholte er. Einige nickten, wenige andere antworteten zustimmend mit „ja“ oder „eh klar“.

„Dann müsst ihr für die Windkraft sein. Für diese saubere Energie, die die Natur uns schenkt. Denkt an eure Kinder!

Ich bin in Zwiesel geboren und hier aufgewachsen. Glaubt mir, ich würde etwas tun, was meiner Heimat schadet? Dort oben, in den Bergen liegt eure Energiezukunft. Windkraft bringt Wirtschaftskraft. Könnt ihr darauf verzichten? Denkt auch hier an eure Kinder! Wollt ihr Temelin oder Windräder?“

Nach dieser Schlussfrage setzte sich der Ingenieur, den Beifall sichtlich genießend.

„Windräder, Windräder“, skandierten die Befürworter und Max glaubte, dass ihre Zahl sich, nach dem eindringlichen Vortrag des Ingenieurs vermehrt hatte. Eva glaubte das offenbar auch, denn sie raunte ihrem Mann erneut zu: „Siehst du, ein Demagoge.“

Noch während die Befürworter im Stakkato „Windrä-der, Windrä-der, Windrä-der“ riefen, hatte Gunther sich von seinem Platz erhoben. Ganz langsam ging er nach vorne, auf das Rednerpult zu. Während er durch die Reihen der Windradbefürworter schritt, hörte man von den hinteren Plätzen aus die Rufe

„Gunther, Gunther, Gunther“, mit denen seine Freunde den Windradlern Kontra zu geben versuchten.

Als Gunther das Rednerpult erreicht hatte, sah Max, dass zwei der drei Glatzen sich vor diesem postiert hatten und Gunther das Betreten des Podiums zu verwehren suchten.

Es schaute so aus, als ob Gunther es nicht schaffen würde, das Podium zu erklimmen. Die Windparkwächter hatten sich so vor ihm aufgebaut, dass es schon direkt bedrohlich wirkte. Ihre Gesten waren eindeutig: „Du kommst da nicht rauf.“

Einschüchtern wollten sie, einschüchtern und notfalls auch bedrohen, das war Max klar. Aber Gunther reagierte besonnen: Er wandte den Glatzen den Rücken zu und drehte sich zum Saal hin. Dann gebot er mit einer Bewegung beider Hände Ruhe. Und tatsächlich wurde es leiser im Saal, die Sprechchöre erstarben, einige Stimmen hörte man noch, die „lasst ihn doch reden“ oder Ähnliches riefen.

„Liebe Freunde“, rief Gunther so laut er konnte in den Saal. Seine Zeit als Fußballtrainer hatte seine Stimme wohl gestärkt, Max konnte sich noch gut erinnern, dass der Gunther über den ganzen Platz zu hören war, wenn er seinem „Bomber“ Anweisungen gab.

„Liebe Freunde. Die Windparkleute wollen mich zum Schweigen bringen, aber ich werde nicht schweigen. Ich werde mich auch nicht provozieren lassen von diesen schwarzen Gestalten.“

Die angesprochenen Glatzen wollten sich auf Gunther stürzen, sie wurden aber vom Ingenieur Osterer zurückgepfiffen, der erkannt hatte, dass er hier, in einer öffentlichen Veranstaltung, keine Aggression durch seine Truppen dulden durfte.

„Glaubt ihm nicht, dem falschen Propheten", fuhr Gunther fort, „er erzählt euch nur Halbwahrheiten und verschweigt zu Vieles. Bevor man sich aber auf ein Projekt wie dieses einlässt, auf ein Projekt, das unser Waldgebirge verändern wird, mehr verändern wird als wir alle glauben, bevor man so einen Windpark akzeptieren kann, muss man die Wahrheit wissen. Ohne Wahrheit keine Klarheit.

Darum frage ich:

Erstens.

Warum gibt es noch keine exakten Windmessungen für das Windparkgebiet?

Scheut man die Realität? Schaut euch doch den Windatlas für Bayern im Internet an. Es gibt kaum ein Gebiet in unserem Land, das weniger für die Windindustrie geeignet ist als das unsere.

Baut man die Windräder im Bayerwald trotz geringer Windkraft, weil man wenig Widerstand aus der Bevölkerung erwartet? Gilt hier das Motto, die doofen Hinterwäldler machen ja alles mit?

Zweitens.

Was wird aus dem Waldgebiet zwischen Bärnzell und Wagensonnriegel? Sogar ein Experte des Europarates hat festgestellt, dass durch den Bau von Windkrafträdern in ökologisch wertvollen Gebieten die Natur geschädigt wird. Vögel und Fledermäuse sind gefährdet.

Schneisen werden geschlagen, Straßen errichtet, Stromtrassen gebaut.

Drittens.

Was wird aus den Anwohnern? Alle werden wir das Menetekel vor Augen haben. Wir Bärnzeller, Rinchnacher und Frauenauer mehr, ihr Zwieseler, Klingenbrunner und Kirchdorfer vielleicht weniger. Aber glaubt nicht, dass es euch nicht betrifft. Auch ihr lebt vom Tourismus. Würdet ihr als Touristen in eine Industrieanlage in Urlaub fahren? Der Bayerische Wald lebt nicht von spektakulären Landschaften. Wir sind nicht die Dolomiten. Wir haben keinen Chiemsee und wir haben keine alten Städte hier herinnen, so wie Rothenburg eine ist.

Wir haben aber etwas unschätzbar Wertvolles, etwas, um das uns viele beneiden und das der Hauptmagnet für unseren Tourismus ist:

Intakte Natur.

Und die wollt ihr uns stehlen, ihr von der Windindustrie. Nennt doch das Kind beim Namen. Kein Windpark wird hier entstehen, sondern eine Industrieanlage.

Der Großteil der Zuhörer klatschte und johlte Beifall, wieder wollten sich die Glatzen auf Gunther stürzen, sie sahen aber, dass Osterer ihnen bedeutete, sich zurückzuhalten. Max war klar: Zuviel Öffentlichkeit war anwesend, als dass man sich eine so grobe Ausfälligkeit hätte leisten können.

Gunther nutzte seine Chance.

„Eine letzte Frage habe ich noch“, rief er in den inzwischen wieder ruhig gewordenen Saal.

„Wer gewinnt am meisten durch den Windpark?

Was gewinnen wir Anwohner, wir in Bärnzell, ihr in Zwiesel, Frauenau, Klingenbrunn, Kirchdorf und schließlich ihr in „Klouster“? Freilich muss es Strom geben und freilich sind die Windkraftanlagen eine insgesamt gute Sache. Aber: baut sie doch dorthin, wo wirklich der Wind weht.

Baut sie doch dorthin, wo der Strom verbraucht wird, wo das Geld damit verdient wird.

Baut sie dorthin, wo nicht ausgerechnet der Tourismus die Einnahmequelle Nummer eins ist. Unsere Landschaft ist unser Kapital. Die Windräder werden unsere Landschaft verschandeln, dieses Kapital entwerten.

Baut eure Ungetüme dorthin, wo nicht ein intaktes Waldgebiet zerstört wird, ein Waldgebiet, das genau so viel wert ist wie der angrenzende Nationalpark.

Apropos Nationalpark.

Auch der Nationalpark wird durch die Windräder geschädigt! Erst schafft die Regierung einen Nationalpark zum Schutz der Umwelt und dann wird zugelassen, dass der Rest des Bayerwaldes so verschandelt wird. Da haben es die Mächtigen von der Parkverwaltung endlich geschafft, dass der ganze Höhenzug vom Lusen bis zum Falkenstein fast waldfrei ist und der Besucher herrliche Ausblicke genießen kann, und dann blicken diese Besucher nicht mehr in die Alpen, wie bisher, sehen nicht mehr den Watzmann oder den Dachstein, wie bisher. Nein! Sie sehen Windräder. Direkt vor ihrer Nase sehen sie Windräder. Und den Watzmann müssen sie zwischen 200 Meter hohen Stangen suchen. Und wenn man vom Rachel oder Falkenstein zum Dachstein blickt, dann wird es heißen: Siehst du, das zwischen der dritten und der vierten Stange von links, das ist der Dachstein. Mir dreht sich der Magen um, wenn ich daran denke.

Wir Anwohner sind also die Verlierer.

Dieser Ingenieur hier, der hinter dem Ganzen steht, bekommt, wenn das Projekt Windpark erfolgreich ist, eine Prämie. Was glaubt ihr, wie hoch diese Prämie ist? Wenn für einen Hektar Windradgrund dem Grundstücksbesitzer über 30000 Euro Pacht pro Jahr geboten werden, wie groß glaubt ihr, ist der Gewinn, der mit diesem Gebiet gemacht wird? Ein gigantisches Geschäft läuft hier. Und ihr seid gigantische Verlierer!“

Die Stimmung war gekippt. Fast der ganze Saal johlte und klatschte.

Gunther holte tief Luft und wollte noch etwas sagen, da drang aus den Lautsprechern laute Musik. Marschmusik. Die Glatzen wollten wohl auf diese Weise verhindern, dass ihr Gegner nochmals zu Wort kam. Gleichzeitig versuchten sie, Gunther und seine Freunde, die nach vorne geeilt waren und sich um ihn geschart hatten, abzudrängen, hinauszuschubsen. Platzverweis.

Der Trainer wusste, wann ein Spiel gewonnen war. Ohne Widerstand zu leisten ließ er sich aus dem Saal drängen. Viele der Zuhörer pfiffen und riefen protestierende Worte, es dauerte lange, bis sich der Saal geleert hatte und die letzten Besucher diskutierend die Treppen zum Ausgang hinuntergegangen waren.

„War sie jetzt gut oder schlecht, die Veranstaltung?“, fragte Max Esterl seine Frau, als sie wieder daheim waren, auf der Kücheneckbank saßen, und vor sich ein Glas Wein stehen hatten.

„Der Osterer hat auf alle Fälle eine gute Figur gemacht, seine Argumente sind einfach nicht ganz von der Hand zu weisen. Ich versteh nur nicht, warum er zugelassen hat, dass die drei Glatzen den guten Eindruck dann total zerstört haben. Irgendwie hat mich ihr Auftreten an die SA erinnert. Mir ist´s ganz kalt über den Rücken gelaufen.“

„Aber der Gunther, der war doch mindestens genauso gut, oder findest du nicht? Der hat die Stimmung gedreht, das hat mich auch an früher erinnert. An die gemeinsamen Fußballschlachten, als damals, an einem Sonntagnachmittag, nach dem Lokalderby gegen Regen, an die 200 aufgebrachte Zuschauer dem Schiedsrichter an den Kragen wollten und wir Polizisten, zwei waren wir, vergeblich zu schlichten versuchten, das Wort „Deeskalation“ kannte die Polizei ja damals noch nicht, da hat er deeskaliert, der Trainer. Er schnappte sich unser Polizeimegaphon, trat vor die Menge, verschaffte sich bei den schreienden und krakeelenden Fans durch Gesten Gehör und sagte in die Stille hinein nur einen einzigen Satz:

„Leut geht´s heim, Bonanza kimmt!“

Die Stimmung drehte sich auf den Schlag. Die Banalität hatte die Oberhand gewonnen. Die Leute schauten auf die Uhr, schüttelten die Köpfe und gingen tatsächlich heim. Fernseh schauen. Bonanza war damals auch meine Lieblingssendung."

Max tat einen tiefen Schluck aus seinem Glas und schaute Eva an.

„Bonanza?", fragte Eva mit einem Anflug von Spott in ihrer Stimme. „Primitiver geht´s nicht mehr?"

„Leicht hat man ´s nicht, wenn man mit einer Deutschlehrerin verheiratet ist." Max hatte die Ironie seiner Frau sofort bemerkt, er reagierte trotzdem etwas verärgert. „Du hast natürlich andauernd Heinrich Böll gelesen damals, oder Günther Grass. Ich geh jetzt ins Bett, du kannst ja noch ein Kapitel wirkliche Literatur lesen."

Zehn Minuten später, Max hatte es sich gerade in seinem Bett bequem gemacht, kam Eva ins Schlafzimmer. Ohne Licht zu machen, setzte sie sich an die Bettkante und flüsterte Max ins Ohr: „Geh rutsch ein bisserl. Mir ist so kalt."

Der Baum nadelt

Die letzte Adventwoche verlief dann wirklich ruhig bei der Familie Esterl. Weder die Fahndung nach den Schilderspaxern in Böhmen, noch die nach denen am Gymnasium Zwiesel hatten Erfolge oder auch nur deutliche Hinweise gebracht. Lediglich darüber war man sich inzwischen bei der deutschen wie der tschechischen Polizei einig: Die Täter waren ein- und dieselben und sie waren im rechtsradikalen Milieu in Bayern zu suchen. Pepi Holub war mit zwei anderen Polizeioffizieren in offiziellem Auftrag in Zwiesel gewesen und hatte sich mit seinen bayerischen Polizeikollegen ausgetauscht. Während seine Kameraden danach die Gelegenheit nutzten und in Zwiesel noch Weihnachtseinkäufe tätigten, schaute Pepi bei Eva und Max zu einem Besuch vorbei.

Als Josef Holub, Kavalier der alten böhmischen Schule, der Dame des Hauses schon an der Haustür einen Blumenstrauß überreichte, erntete der Hausherr Max Esterl einen Seitenblick von ihr, der leicht zu deuten war. „Da schau", sagte der sehr ironisch wirkende Augenblinzler, „der weiß, was sich gehört."

Max verdrehte seine Augen zum Himmel. Dass der Pepi so unkameradschaftlich war und die Schwächen seines Freundes immer wieder bloßstellte. Wie hatte Max vor einigen Wochen auch vergessen können, seiner Frau wenigstens zu ihrem Geburtstag Blumen zu schenken. Bis Eva von der Schule heimgekommen war, hatte er dann sowieso schon welche besorgt. Aber das schien nicht mehr gegolten zu haben.

Bei einer Tasse Tee und den obligatorischen Weihnachtsplätzchen wollten die drei ein wenig über den Fall plaudern. Warum stellte Eva die Schale mit den besten Plätzerl nur so weit weg von Max, direkt vor Pepis Nase? Das tat sie ihm zu Fleiß! Max musste sich fast verrenken, um an seine geliebten Kokosmakronerl zu gelangen. Hoppala, mit seinem Bauch hatte er doch tatsächlich seine Teetasse umgestoßen. Erneut so ein Blick von Eva, während Max den ausgeschütteten Tee aus der Untertasse wieder zurück in die Tasse beförderte.

Pepi tat so, als ob er von allem nichts bemerkt hätte und berichtete den Freunden über die Entwicklung des Falles, der das beste Zeug hatte, sich zur Staatsaffäre auszuweiten.

„Sogar eier Polizeipresident war´s da. Von Straubing. Gutr Mann, hat gsagt is selbr aus Behmen. No, nicht direkt", korrigierte sich Pepi auf den erstaunten Blick Evas hin, „abr Vati seiner. Fast alle seid´s aus Behmen", grinste Pepi. „Straubingpresident aus Weißnichtwo, Zwieselpolizeichäf Ludwig Rindl aus Srni/Rähberg. Wo kommst du her, Max Esterl?"

Max Esterl hatte, wie nahezu alle hier im Grenzgebirge, natürlich auch böhmisches Blut in seinen Adern. Die Glasmacher, die Holzhauer, für sie alle war die Grenze kein Hindernis gewesen, zumal es damals noch keine Sprachbarrieren gegeben hatte. Diese Grenze war erst durch den Eisernen Vorhang so richtig entstanden. Und kaum waren diese Barrieren halbwegs abgebaut, da wurden schon wieder neue errichtet.

„In Böhmisch Eisenstein hätt ich noch Verwandte,"... „wenn wir sie nicht vrtrieben hätten. I weiß, Max, dunkles Kapitel. Darf nie wieder passiern."

Da waren sich die drei einig.

„Max, hab ich´s Auftrag fir di". Holub stand schon in der Tür, um sich zu verabschieden. „Wichtig. Geh du zu deiner Freindin Irmi." Pepi zwinkerte total unschuldig mit den Augen und grinste erneut. „In Bordell Rotes Herz, Železná Ruda."

Mit einem Seitenblick auf die konsterniert schauende Eva ergänzte Pepi hastig: „Nicht was d´meinst, Eva. Dafir hat Max di. So schen is sowieso keine wie du, Eva."

„1000 Punkte hat er schon wieder gesammelt, der Hundling, der böhmische", dachte Max bei sich, ehe Pepi fortfuhr: „Wir habens Hinweis, dass Irmi alias Kinstlername Jenny, Chäfin von Rotes Herz weiß mehr übr die Tetr. Polizeiinformant aus Železná Ruda sagt, megliche Tetr sind Kunden von červené srdce, Rot Herz. Du kennst Jenny doch gut von unsere letztes Fall. Fahr nach Železná Ruda, Maxe, und frag sie. War selbr schon dort, abr: Mir sagt Jenny nix. Dir vielleicht schon. Wenn ihr schen tust." Und mit einem erneuten Seitenblick auf Eva fügte Pepi noch hastig hinzu: „Abr nicht zu schen, Maxe."

Was wusste der Pepi? Wer war sein Informant? Max war ein wenig rot geworden. Die Irmi, wie die Jenny mit bürgerlichem Namen hieß, hatte ihm damals, bei seinen Ermittlungen im Roten Herz, ein ziemlich eindeutiges Angebot gemacht. Er hatte abgelehnt. Der Eva hatte er trotzdem nichts davon gesagt, um sie nicht unnötig aufzuregen. Der nächste Satz von Eva zeigte Max, dass es richtig gewesen war, damals zu schweigen.

„Ja, Max, dann fahr halt rein nach Železná Ruda, zur Irmi. Die scheint doch viele Männer zu kennen. Vielleicht verrät sie dir, was sie Pepi nicht sagen will." Der Fall, so fand Max, musste seiner Eva schon sehr am Herzen liegen. Kruminale!

Nachdem Pepi gegangen war, setzte sich Max ins Wohnzimmer und las ein Buch. Zum ersten Mal seit geraumer Zeit kam er wieder zur Ruhe und zum Überlegen.

Danach beschloss Max, sich erst einmal auf Weihnachten zu freuen.

Ein Bordellbesuch, auch einer in allen Ehren, kam für Max in dieser Woche nicht mehr in Frage.

Ein anderer Besuch aber stand an. Anna, die Ziehtochter der Esterls, hatte sich angesagt. Sie wollte mit ihrer Familie im Zwieseler Winkel Weihnachten feiern und anschließend noch bis kurz nach Silvester zum Skifahren und Langlaufen bleiben. Max und Eva freuten sich schon auf Anna, die ihr Haus wieder richtig mit Leben füllen würde.

***

Es war ein schönes Fest gewesen. Mit Christbaum, Bescherung, Mettengang aber auch mit den vielen Versuchungen, die so ein Fest für einen wie Max Esterl mit sich brachte. Am zweiten Feiertag schon spannte seine Hose so stark, dass er, ohne ein Wort zu sagen, nach dem Schnapserl, das er sich zum Essen noch gegönnt hatte, in den Keller ging und die Langlaufskier wachste. Seine beiden Frauen hatten verstanden und zogen sich schon einmal warme Langlaufkleidung an. Während der Heilige Abend sternenklar und kalt gewesen war, hatte es am ersten Feiertag sanft zu schneien begonnen. Drei Mal hatte Max seitdem zum Schneeräumen ausrücken müssen und jedes Mal hatten sich die Schneehaufen neben seiner Auffahrt zum Haus um einiges erhöht.

Zum Mittag hatte sich der Schneefall gelegt und Max freute sich schon auf die kleine Tour mit den beiden Frauen zu „seinem" Waldstück im Bärnzeller Gebiet.

Am Bärnzeller Schützenhaus, ganz am Ende des Dorfes, parkte Max, die drei stiegen aus, zogen die noch nach frischem Schnee riechende Luft ein und ihre Skier an.

Die erste Teilstrecke, die auf der Loipe Richtung Frauenauer Langlaufzentrum zum Taferlbaum hin verlief, war erst ganz frisch gespurt worden. Es war ein Vergnügen für die drei, den sanften Anstieg hinaufzugleiten, keiner von ihnen sprach ein Wort, sie überließen sich ganz ihren Bewegungen und ihren Gedanken, lediglich das Knirschen des frischen Schnees war zu hören und hin und wieder ein Keuchen oder Schnaufen vom Max, wenn er mit seinen Konditionsrückständen rang. Erst als Max nach etwa einer Viertelstunde eine kleine Pause einlegte, begann Anna zu schwärmen: „So schön habt ihr´s da, die Loipe fast vor der

Haustür, die verschneiten Bäume, die Berge, es ist ein Traum.“

„Ja, und ab jetzt geht es wirklich in die Berge“, antwortete der wieder zu Atem gekommene Max und bog, einem Waldweg nach oben folgend, nach rechts ab. „Wenn wir über dem Berg sind, wartet eine Überraschung auf dich, Anna“, prophezeite Max, der seiner Nichte noch nichts von der Erbschaft erzählt hatte.

Fast dreißig Minuten arbeiteten die drei sich bergauf durch den Schnee. Heute musste Max das Spuren übernehmen und er schwitzte tüchtig, bis er oben war. Der Fernblick war diesmal nicht so gut wie bei der Tour mit Gunther, dafür lag mehr Schnee und die drei konnten die Abfahrt zur anderen Seite durch den flaumigen Tiefschnee richtig genießen. Noch einige Hundert Meter legten die drei Langläufer zurück, dann stoppte ihr Anführer scheinbar ohne Grund.

„Was seht ihr jetzt, ihr beiden?“ Eva konnte ahnen, wo sie gelandet waren, aber Anna schaute sich neugierig um und versuchte herauszubekommen, was Onkel Max wohl gemeint haben konnte.

„Wald? Äh…Schnee? Ein Bächlein?“ Immer wieder schüttelte Max lächelnd den Kopf. „Weißt du, Anna, was du da siehst?“ Max fiel in den Tonfall jenes unmöglich geschmacklosen Werbegags, mit dem eine Bausparkasse vor Jahren auf Kundenfang gegangen war, und er deutete mit großen Gesten um sich: „Mein Bach. Mein Wald. Mein Schnee!“

Als sie die ungläubigen Blicke Annas sah, ergänzte Eva: „Na na, mit dem Schnee übertreibt er jetzt, dein

Onkel Max, wir kennen ihn ja. Aber mit Wald und Bach, da hat er wohl recht." Nachdem sie der Anna die Geschichte von der Erbschaft erzählt hatten, umarmte diese gleich nacheinander Eva, Max und einige der dicksten Bäume. Ihr Gesicht, das von der frischen Luft sowieso gerötet war, glänzte nun zusätzlich vor Freude. Lange betrachtete Anna, die als Biologiestudentin und als ehemalige Nationalparkpraktikantin mittlerweile einiges vom Wald verstand, ihre Umgebung. Sie schritt mit Max den ihm gehörenden Waldteil ab. An einer Stelle, dort standen einige schon ziemlich große Fichten, blieb Anna stehen, schaute kritisch zu ihnen hoch, scharrte im Schnee zu Füßen der Fichten herum, löste etwas Rinde von einem der Stämme und blickte Max direkt an.

„Du weißt schon, dass du da was tun musst?" Max schaute dumm. „Schleunigst, bis zum Frühjahr. Wenn du da lang wartest, ist es zu spät."

Stumm zeigte Anna ihrem Onkel das weißliche Bohrmehl und die abgefallenen Fichtennadeln, die sogar im Neuschnee noch gut zu sehen waren, die Rinde und vor allem das, was sich an dem Stamm unter der Rinde fand: „Fraßgänge vom Borkenkäfer. Schau, hier sind sogar Verpuppungen. Und da, diese Erweiterung, da sind die Viecherl gezeugt worden, ein Idipologe, also der Fachmann, hier besser gesagt die Fachfrau nennt sie Rammelloch". Unwillkürlich musste Max an seinen Besuch im Rotlichtmilieu denken.

Ein treffender Name. Hier fand Max den Begriff, über den er sich sonst sicher köstlich amüsiert hätte, allerdings gar nicht lustig. „Warum weißt du so gut Bescheid, Anna?"

„Studium. Zufall. Käfer und sowas waren dieses Semester einer meiner Studienschwerpunkte an der Uni. Ich wollte doch schon immer was Praktisches machen", sagte die Studentin und zuckte dabei wie entschuldigend mit den Achseln.

Die Stimmung war jetzt längst nicht mehr so gut wie noch vor Minuten. Max Esterl ließ den Kopf hängen.

„Trotzdem ist es schön hier, wunderschön", versuchte Anna ihren Onkel etwas aufzumuntern. Als sie sah, dass Max immer noch verstört schaute, gab sie ihm einen Kuss und sagte: „Da gibt´s was zu tun in den Semesterferien. Ich hab voriges Jahr beim Nationalpark einen Motorsägekurs gemacht, ich schneid dir alles kurz und klein, Onkel Max."

Die immer fröhliche Anna. Max schüttelte den Kopf. Er musste nochmals mit Gunther reden.

Borkenkäfer!

Schüsse hinterm Gscheiperl

Schon am übernächsten Morgen waren Max und Anna wieder unterwegs in ihren Waldteil. „Karlsruhe" hatten sie ihn inzwischen auch in der Familie getauft, ganz im Andenken an den Onkel Karl. Sie hatten Gunther mitgenommen, der sich mit Anna auf Anhieb gut verstand und erstaunt war über ihren Sachverstand und das Interesse am Wald, das sie zeigte. „De gfoit ma, de Anna", hatte er Max mit einem Blinzeln seiner wasserblauen Augen zu verstehen gegeben, ohne sich zu genieren, dass die Angesprochene direkt neben ihnen stand.

Als sie unter den betroffenen Fichten standen, dauerte es nicht lang, bis Gunther mit Kennerblick und Zorn in der Stimme feststellte: „Wie bei mir. Genau wie bei mir. Und beim Xaver und beim Sepp und beim Luis. Bei allen das Gleiche."

„Was ist bei euch allen gleich? Was meinst du damit, sag´s, Gunther!"

„Das ist kein natürlicher Befall. Wir Bärnzeller Bauern haben bisher unseren Wald sauber halten können. Wir haben aufgepasst wie die Haftlmacher, dass uns der Käfer nicht zu stark hereingekommen ist. Alles kannst freilich nicht verhindern, das wird unser gscheits Deandl da bestätigen können. Aber wir haben den Käfer niedergehalten. Bis auf dieses Jahr. Vorigen Sommer schon haben wir erste Anzeichen gesehen, dass der Käfer überhand nehmen könnte. Wir haben herausgeschlagen, was wir konnten. Das Klima war fertn gar nicht so käferfreundlich wie vorfertn und trotzdem kam der Käfer. An Stellen, die wir gar nicht vermutet hätten. Und, Herr Kriminalrat, fast nur bei Leuten, die nichts mit den Windradlern zu tun haben wollten. Uns hat es getroffen, keinen von den anderen, von den Verkaufswilligen. Gell, da schaust. Jetzt bist du dran, Bomber."

„Und da habt ihr nichts der Polizei gesagt?", mischte sich Anna ein.

„Die hätten uns ausgelacht und gefordert, wir sollten besser auf unseren Wald aufpassen, statt jemanden zu verdächtigen. Käfer, die sich die Besitzer des Waldes, den sie vernichten selbst aussuchen, die gibt es nicht, hätten die von der Polizei gesagt und sie hätten vielleicht noch gefragt, ob wir ihnen Käfer bringen könnten, zur Vernehmung. Nein, die Polizei hätte gar nichts gebracht. Das musst du doch selber sagen, Max, obwohl du einer von denen bist, äh warst. Die Windradler haben Käfer gezielt angesetzt, um uns zu schaden, um uns fertig zu machen, glaubst as!"

Max konnte dem nicht widersprechen: „Wenn man nicht jemanden in flagranti mit einer Ladung von Käfern erwischt, kann man da schlecht etwas beweisen."

„Und selbst dann bekommst du von denjenigen, die du erwischt die Antwort, dass sie nur ihre eigenen Käferfallen geleert haben und die Viecherl daheim zählen wollen."

Gunther lachte bitter. „Warum meint ihr treiben sich denn die drei Glatzen seit fast einem Jahr dauernd im Bärnzeller Wald herum. Den Kopf lass ich mir abschneiden, wenn die nichts damit zu tun haben, die Surmradler, die grätzigen. Der Grind soll ihnen wachsen auf ihren Kohlrabiköpfen." Gunther machte kehrt auf seinen Langlaufskiern und schlug die Richtung ein, aus der sie gekommen waren.

„Glaubst as, mir is es vergangen. Da arbeitest du ein Leben lang mit und in dem Wald und schaust auf ihn auf, net nur weil er dir gehört, sondern weil er dir anvertraut ist. Und dann das!" Gunther war den Tränen nahe.

Schöner, so fand Max, hätte kein Waldler sein Verhältnis zu „seinem Woid" ausdrücken können. Auch Anna hatte das offensichtlich begriffen.

Mit den Worten „das hast jetzt schön gsagt" umarmte sie den neben ihr stehenden Gunther spontan. Der war davon so überrascht, dass er fast ins Straucheln kam und sich erst fing, als er sich an einem neben ihm stehenden Baum festhalten konnte.

In die nun entstandene Stille hinein sagte Anna zögernd:

„Onkel Max…darf ich dich was fragen? Ich hoff, du bist mir nicht böse, wenn ich das jetzt wissen will." Nachdem Max energisch den Kopf geschüttelt und „ach wo, Anna" gebrummt hatte, rückte Anna heraus. „Also Max, wenn du diesen Wald vom Onkel Karl erbst, bitte sei mir nicht böse, wenn ich so direkt frage. Ich wünsch dir ein ganz, ganz langes Leben und der Tante Eva auch, aber: Wer erbt den Wald, wenn ihr beide nicht mehr seid?" Anna deutete mit dem Skistockgriff auf sich und sah Max fragend an: „Ich?"

„Ja Kruminale, du, ist doch logisch, oder?"

„Weißt was, Onkel Max", Anna zeigte ihr allerschönstes Strahlegesicht. „Weißt was. Dann darfst du diesen Wald nie, nie verkaufen."

Max stand eine Weile da und schien nicht zu verstehen. Noch nicht. Als er kapiert hatte, was seine Nichte da gesagt hatte, war es an ihm, Anna stürmisch an sich zu drücken.

„Du, du hängst also auch an diesem Waldstück? Mei, Anna, ein schöneres Weihnachtsgeschenk hättst mir nicht machen können."

Die beiden schauten auf Gunther, den alten Freund und sahen, dass diesem schon wieder Tränen in den Augen standen. Gunther war dies peinlich, er wischte sich mit dem Skihandschuh über das Gesicht um seinen Anfall von Sentimentalität zu verschleiern. „So a Wind ist jetzt aufgekommen, glaubst as. Dass es einem direkt in den Augen sticht."

Ohne weitere Worte machten sich die drei auf ihren Heimweg. „Jetzt haben wir den „Guntherbund" geschlossen", dachte Max, in Anspielung auf einen Verein gleichen Namens im benachbarten Rinchnach, der sich zum Ziel gesetzt hatte, das Andenken an den Heiligen Gunther zu erhalten. Dieser Mönch hatte vor gut tausend Jahren den „Nordwald" zu besiedeln begonnen. „In seinem Grab in Prag würde sich der Gunther noch umdrehen, wenn die Windräder in seinen Wald kämen, Kruminale."

Kaum hatte Max sein Lieblingsschimpfwort vor sich hingemurmelt, da wurde er durch einen scharf peitschenden lauten Schuss aus seinen Gedanken gerissen, dem ein vielfaches Echo folgte. Zuerst erstarrten sie, dann aber suchten die drei Freunde in einer Reflexbewegung Schutz hinter einem Felsen, an dem sie gerade vorbeigekommen waren.

„Ein Wilderer…mitten am helllichten Tag.“ Die Stimme von Gunther war heiser vor Zorn.

Auf den fragenden Blick von Max hin setzte der Bärnzeller fort: „Das ist keiner von unseren Jägern. Die arbeiten alle um diese Zeit. Gut, einer davon ist Lehrer. Aber der hat jetzt Ferien, der schläft bestimmt noch. Das sind die Hetzhunde vom Osterer. Die Schweine schießen die besten Stücke weg. Auch das gehört zu ihrer Taktik. Verunsichern, das Gebiet hier schlecht machen. Wertverlust erzeugen.“

Ein zweiter Knall unterbrach die Gedanken von Gunther, der jetzt Anstalten machte, in die Richtung zu laufen, aus der die Schüsse gekommen waren.

„Bist du verrückt, Gunther! Wir sind unbewaffnet. Da können wir nichts riskieren.“ Max warf einen Seitenblick auf Anna, die genau das Richtige getan hatte. Sie hatte ihr Handy aus der Tasche genestelt, einen Handschuh ausgezogen und wählte mit zitternden Fingern die Notrufnummer, während erneut ein Schuss fiel. Max schien es, als seien die Schüsse gar nicht weit entfernt von ihrem Standort.

„Keine Verbindung.“ Anna wählte erneut.

„Da wirst du wohl Pech haben“, ließ sich Gunther vernehmen. „Ich selber hab kein Handy, ich weiß es nicht, aber die Leut sagen, dass hier hinten der Empfang gar nicht gut ist. Wenn die Windräder erst da sind, wird's bestimmt besser", fügte Gunther zynisch hinzu. Und dann stand der Bärnzeller auf, trat hinter dem schützenden Felsen vor und schrie mit sich überschlagender Stimme: „Ihr Schweine, ihr Windradgangster! Lasst euch blicken, ihr Feiglinge oder haut ab! Niemals kriegt ihr unseren Wald, niemals."

Stille. Max überlegte, ob er den Schutz des Felsens verlassen und Gunther wieder in Deckung ziehen sollte, da fiel erneut ein Schuss, der diesmal offenbar direkt in ihre Richtung über ihre Köpfe hinweg abgefeuert worden war und den Schnee von einer der Fichten in ihrer Umgebung staubte.

Dann kein Geräusch mehr. Gunther stand da und schwieg, Anna und Max lehnten noch an den Felsen gepresst. Es dauerte einige Zeit, Max kam es vor wie Minuten, bis sich die Spannung langsam löste.

Erst als die Drei aus der Ferne das Aufheulen eines Motors hörten, wagten sie wieder, sich zu bewegen. Mit zitternden Knien machten sich die Freunde an die Abfahrt durch den mittlerweile wieder stillen, friedlichen Winterwald.

„Kruminale", brummte Max während der halben Stunde, die sie runter nach Bärnzell brauchten, immer wieder in seinen graumelierten, kurzgeschnittenen Vollbart. „Kruminale!" Da hatte ihnen jemand ein deutliches Signal gegeben.

Max war jetzt bereit, den Kampf aufzunehmen. Sein Jagdinstinkt von früher war noch nicht verlorengegangen, das spürte er.

Sofort, als Max daheim war, rief er bei der Zwieseler Polizeistation an. Es meldete sich dieselbe Dame, mit der er schon einmal gesprochen hatte.

„Ist der Rindl da?", fragte Max, ganz entgegen seiner sonstigen Gewohnheit kurz angebunden.

„Der Chef ist heute nicht mehr auf Station, morgen hat er Frühschicht."

„Is eh schon wurscht", grummelte Max, „dann muss die Sach bis morgen warten."

***

Am nächsten Morgen aber, er saß gerade beim Frühstück, verzehrte genüsslich ein Honigsemmerl zum Morgenkaffee und las den Lokalteil des Bayerwaldboten, hörte der Ex-Kommissar in den Frühnachrichten des Bayerischen Rundfunks eine Meldung, die seinen Jagdeifer noch mehr anstachelte:

„Wie gerade gemeldet wurde, haben die vermutlich rechtsradikalen sogenannten Šumava-Schilderspaxer wieder zugeschlagen. Diesmal hatten es die Täter auf drei besonders auffallende Objekte abgesehen. Am Turm der Burg „Kašperk" bei Kašperské Hory brachten die bisher noch unbekannten Täter eine über fünf Meter lange Stoffbahn an, auf der die Worte „Karlsburg, nicht Kasberg" standen. Am tschechischen Teil des Grenzbahnhofs Eisenstein ersetzten sie das tschechische Wort „Nádraží" jeweils durch das deutsche „Bahnhof". Am schlimmsten ist jedoch das, was die Täter an der vor wenigen Jahren erst wieder hergestellten Synagoge von Hartmanice hinterließen: Sie schmierten drei große Hakenkreuze auf und neben den Türbereich. Da die Synagoge videoüberwacht wird, erhofft sich die westböhmische Polizei Hinweise auf die Täter. Die tschechische Öffentlichkeit ist auf alle Fälle höchst beunruhigt und aufgebracht wegen dieser dreisten Übergriffe. Mehr davon in unserem Mittagsmagazin."

Max mochte sein Honigsemmerl nicht mehr anrühren.

Besuch im Roten Herz

Vizepolizeichef Ludwig Rindl schob seinen Bauch zwischen Bürostuhl und Schreibtisch hervor und bewegte sich demonstrativ langsam zur Budel, die den Publikumsbereich in der Polizeistation Zwiesel vom Bürobereich trennte.

„Was ist denn jetzt schon wieder los, Max. Lassen dir die Spaxer keine Ruhe in deinem Ruhestand? Wär gescheiter, du tätst Schafkopfen oder Langlaufen. Bei beiden tätst verlieren", sagte Ludwig mit einem anzüglichen Grinsen zu Max Esterl, der mit Anna im Schlepptau auf der Station erschienen war.

„Beim Schafkopfen Geld und beim Langlaufen Pfunde. Beides würde dir nicht schaden, haha." Rindl lachte über seinen eigenen Witz, dass sein Bauch, der sich vor dem von Max keineswegs zu verstecken brauchte, unter der grünen Polizeikrawatte auf und nieder wackelte.

Als Max von den Schüssen hinterm Gscheiperl erzählte, wurde der Polizeichef ernst.

„Wir wissen von den Wildereien, Max, da liegen schon mehrere Anzeigen vor. Auch aus dem Klingenbrunner und dem Rinchnacher Revier. Unter dem Wagensonnriegel zwischen Rinchnach, Klingenbrunn und Kirchdorf sind besonders reiche Wildbestände. Da ist die Versuchung groß. Und das Gebiet ist ziemlich weitläufig und menschenleer. Schwierig, schwierig.

Zumal die polizeiliche Zuständigkeit nicht so einfach ist. Drei Dienststellen, zwei Landkreise, verstehst?"

„Nein, das versteh ich nicht. Ihr werdet das doch auf die Reihe bringen können mit den Zuständigkeiten, so schwer kann das nicht sein. Da müsst ihr halt den Arsch hochkriegen oder wenigstens ein Telefon in die Hand nehmen.“

Max verstand also nicht.

„Jetzt versteh ich auch, warum in der Schilderspaxersache nichts vorwärts geht. Heut Nacht haben die übrigens schon wieder zugeschlagen. Da macht ihr es auch so wie bei den Wilderern. Was geht es mich an, was da drüben vorgeht? Nicht mein Bier. Ne moje pivo! Kruminale!“

Max verstand also doch.

Max hatte sich vor Ludwig aufgebaut und die beiden standen sich, über die sie trennende Budel gebeugt, Auge in Auge gegenüber, ihre inzwischen hochroten Köpfe nur Zentimeter voneinander entfernt.

Anna zupfte ihren Onkel am Ärmel. So hatte sie ihn noch nie erlebt. In das entstandene peinliche Schweigen hinein räusperte sich die Studentin und nahm all ihren Mut zusammen. „Onkel Max, Herr Rindl, vertragt euch doch bitte. Herr Rindl, auf uns ist geschossen worden. Im Bärnzeller Wald. Wer könnte so einen Fall aufklären, wenn nicht Sie? Bitte helfen Sie uns. Die Täter müssen gefunden werden. Und Sie werden die Wilderer finden.“

Ein Augenaufschlag unterstrich Annas Worte. Ludwig Rindl schnurrte plötzlich wie ein Kater.

„Aber natürlich, Anna. Das ist doch unsere Aufgabe. Das machen wir doch viel lieber als uns mit durchgedrehten Klienten rumzuärgern."

Mit einem Augenzwinkern deutete Rindl auf sein Gegenüber, das im Übrigen ab jetzt Luft für ihn war.

Max glaubte seinen Ohren und Augen nicht zu trauen. Anna machte es wie ihre Tante! Kruminale! Die hatte dem Rindl auch schon einmal den Kopf verdreht und ihren Mann damit vor den Kopf gestoßen.

„Allerdings hatte Rindl damals auch richtig gespurt", dachte sich Max. „Vielleicht hilft es diesmal wieder."

***

Für heute hatte sich Max telefonisch mit Irmi verabredet. Erst hatte die Bordellchefin, eine Deutsche, die Max von seinem vorigen Fall her gut kannte und schätzte, Zwiesel als Treffpunkt vorgeschlagen, weil sie da sowieso etwas zu erledigen hatte. Peitschen kaufen und so Sadomasozeugs. Dass man das in Zwiesel kaufen konnte, war Max neu.

„Das letzte gescheite Modehaus am Stadtplatz hat voriges Jahr zugemacht, aber Peitschen kann man kaufen in Zwiesel, na Habedere", wunderte Max sich über das veränderte Einkaufsverhalten seiner Mitbürger. „Wir als Kinder haben unsere Peitschen für das Wolfauslassen noch beim Kraus, dem Seiler in der Einsiedeleistraße gekauft, das Stück um ein Fünferl."

„Bist noch dran, Max?", unterbrach Irmi die sonderbaren Gedanken des Ex-Kriminalers. „Wenn ich mir´s so überleg, es ist doch g´scheiter, wenn wir uns bei mir im Roten Herz treffen. Heut kann ich aber nicht mehr. Kannst übermorgen? Ja, da ist noch nicht so viel los bei uns. Um acht Uhr. Da hab ich dann auch mehr Zeit für dich. Auf Silvester zu sind wir ja voll. Da muss jede ran.“ Max mochte sich gar nicht vorstellen, was das bedeutete.

Lieber war ihm das Rote Herz in Železná Ruda natürlich schon, als irgendein Cafe in Zwiesel. Der Kleinstadttratsch!

So kam es also, dass der Ex-Kommissar Max Esterl sich drei Tage vor Silvester um halb acht auf den Weg machte nach Železná Ruda ins Bordell Rotes Herz. Anna, die Neugierige, hatte unbedingt auch mitfahren wollen, aber sowohl Eva als auch Max hielten das für keine so gute Idee.

Während Max durch den Winterwald nach Eisenstein fuhr, reute es ihn schon fast, seine Nichte daheimgelassen zu haben. „Die Reaktion von Irmi auf das hübsche junge Mädchen wäre interessant gewesen“, dachte Max. Oder hatte er etwa ein wenig Angst davor, mit Irmi allein zu sein?

„Du alter Esel!“, schimpfte Max sich selber ob seiner Gedanken, ertappte sich aber Augenblicke später dabei, dass er prüfend in den Rückspiegel schaute, ob sein Hemdkragen auch saß.

Als Max um acht Uhr das Bordell betrat, sah der Raum, in dem die Getränke serviert und die Gäste angebaggert wurden, noch ziemlich nüchtern aus. Das Licht war das ungedimmte Putzlicht, die roten Herzen, die überall hier glimmerten und leuchteten und glänzten, waren noch nicht eingeschaltet. Puff auf Stand-by-Betrieb sozusagen. Max wusste von seinem letzten Besuch her noch, wo die Theke stand und steuerte zielstrebig darauf zu. Da öffnete sich eine Tür, die Max bisher verborgen geblieben war.

Irmi stand vor ihm. Sie war offensichtlich schon hergerichtet für das Abendgeschäft:

Schwarze, halblange Perücke, dezente Schminke im Gesicht, aber knalldunkelrote Lippen, ein raffiniert ausgeschnittenes Glitzerkleid mit nichts darunter, aufregend geformte Beine, die in hohen Schuhen mit Bleistiftabsätzen steckten.

„Kruminale!", entfuhr es Max, während Irmi ihn umarmte und er einen tiefen Zug von ihrem Parfüm nahm. „Irmi, du wirst ja immer schöner."

„Findst, Max?" Irmi gab sich gschamig wie ein junges Mädchen. Max musste sich zusammenreißen, ihr nicht dauernd in den Ausschnitt zu schauen. „Obwohl", überlegte er, „das musste sie ja wohl gewöhnt sein, das Ausschnittstarren, das gehörte ja direkt zu ihrem Beruf, das Anbaggern."

Trotzdem mühte sich Max ab jetzt, seinem Gegenüber nur noch in die Augen zu schauen.

„Und, warum bist da? Doch nicht wegen mir. Oder meinem Ausschnitt." Irmi sah an sich herunter und strich sich dabei ihr enges Kleid glatt. Da hatte sie sein Starren doch bemerkt, fuhr es Max durch den Kopf. Die Frauen haben überall Antennen. Diese Erfahrung hatte er auch mit Eva oft gemacht.

„Ein Pilsner Urquell? Geht aufs Haus. Eins kannst dir leisten, Kriminaler."

Irmi schenkte ein.

„Ja, Irmi, i, i... brauchad wieder was von dir. Eine Auskunft. Über Gäste von dir. Oder sagt man da Kunden oder gar Klienten? Egal."

Und Max erzählte der Irmi, von der er wusste, dass sie schweigen konnte, von den drei Glatzen und dass er da vielleicht so einen Verdacht habe.

„Kennst du die?"

„Dass die bei mir verkehren hat dir der Pepi gesteckt, der Holub, der alte Geheimdienstler. Der weiß alles." Auf den erstaunten Blick von Max hin beeilte sich Irmi zu erklären: „Ist aber ein guter Mann, der Pepi. Seit dem Fall vom vorigen Jahr, du weißt schon, mit den Drogen, ist er auf unserer Seite. Der Pepi hat nur einen Fehler: Er ist zu neugierig. Ich sag ihm nichts mehr. Sonst kommt er jede Woche. Erst möchte er Auskunft und dann Unterkunft."

„Schnacksln möchte er auch noch?"

Max musste grinsen. Der Pepi!

„Bezahlt er wenigstens?"

„Frühbucherrabatt."

Wieder schaute Max erstaunt.

„Ja, er ruft halt vorher an. Und wenn eh nicht viel Betrieb ist."

„Na warte, Pepi", dachte Max. „Gut dass ich das weiß. Das kriegst du irgendwann mal aufs Brot geschmiert. Frühbucherrabatt. Wie bei der TUI!"

Max brauchte einen tiefen Schluck Bier.

„Also, Max, zurück zum Grund für deinen Besuch:

Ich kenn die drei Glatzen. Stammkunden. Aber keine guten. Der eine säuft, der andere quält gern und der dritte spielt den Obernazi.“

Irmi erzählte Max von den drei Kunden. Dass sie sicher war, dass alle drei der rechten Szene angehörten („du solltest sehen, wo die überall Hakenkreuze hintätowiert haben…“). Dass alle drei ihre ganz speziellen Eigenheiten hatten: „Der Dürre säuft, wird zuerst ein wenig kiebig und schläft dann ein, das ist fast noch der Angenehmste, zumindest wenn er pennt.

Der Lange wird brutal aggressiv beim Sex, der hätte eine von uns, eine Ukrainerin, ganz schön zugerichtet, wenn sie nicht Alarm geschlagen hätte. Hatte zwei Monate Hausverbot, seitdem hält er sich zurück.“

„Ihr habt´s es auch nicht immer leicht!“ Echtes Bedauern sprach aus den Worten des Ex-Kommissars.

„Wie sagt man so schön, Ponyhof ist es keiner und Kunden wie den Pepi, auch wenn er ein wenig knausert, solche gibt es nicht viele. Er macht allen Komplimente, ein Kavalier der alten Schule.“

Genau dieses Lob für Pepi hatte Max kürzlich schon einmal gehört. Von Eva.

„Was grinst´n da so süffisant, stimmt´s etwa nicht?“

„Doch, doch“, beeilte sich Max zu versichern. „Deswegen grinse ich ja, weil ich ihn kenn, den Pepi, den alten Charmeur.“

„Aber kein Wort darüber, dass du das von mir hast. Also zum Dritten. Das ist mein Spezialgast. Ein stark zwanghafter, neurotischer und gewaltfixierter Masochist mit sadistischen Tendenzen, würd ich sagen."

„Hört sich an wie eine Diagnose."

„Der bräuchte einen Psychiater, da hast du Recht. So aber hat er nur mich."

Irmi baute sich vor Max auf, ging in Herrscherpose, verschränkte die Arme vor ihrer Brust und sagte mit tiefer Stimme, das „R" rollend wie das historische Vorbild:

„Und ich bin drrr Führrerr. Ich bin Adolf Hitlerrr."

Max Esterl lief es eiskalt über den Rücken.

„Und dann wird er ganz klein, der Wotan und wimmert „was befiehlt mein Führer?" und ich hab inzwischen eine braune Naziuniformjacke an und sonst nix als Stiefel und ich muss ihm den Hintern versohlen mit der Peitsche und „sei gehorrsam" rufen, während er mir die Stiefel leckt und immerfort „ja mein Führer" wuiselt.

Eigentlich ganz leicht verdientes Geld, aber i derpacks nimmer."

Max schwieg lange. „I glaub dir´s", begann er dann. „Was mich jetzt interessiert, Irmi: Hat einer von den Dreien irgendetwas ausgeplaudert, wisst´s ihr sonst was von denen?"

„Eigentlich nix, aber wennsd schon so fragst. Für die drei ist der Abend nach dem Besuch bei uns häufig noch nicht beendet. Die fahren oft in die andere Richtung, nicht zur Grenze."

Max nickte. „Das würde ins Bild passen. Das bei euch ist für die nur das Vorspiel. Da geilen sie sich auf. Ihren richtigen Höhepunkt erleben sie dann woanders. Beim Spaxen."

„Und, was kann ich jetzt noch für dich tun, Max?"

Die Stimme von Irmi hatte sich etwas verändert, war weicher geworden, verlockend.

„Um eines würde ich dich bitten, Irmi", kam die sachliche Antwort.

„Die Spaxer reservieren doch bei euch immer per Anruf, oder? Kannst du mich rechtzeitig benachrichtigen, wenn sie kommen?"

„Und dann?"

„Dann komm ich auch. Und der Pepi auch. Und dann hängen wir uns an die dran und erwischen sie vielleicht auf frischer Tat. Du verlierst dann allerdings drei gute Kunden."

„Was heißt gute Kunden? Der eine säuft, der andere schlägt und das Hitlerspielen beim dritten kann ich sowieso nicht leiden, ich werd´s verschmerzen. Und bei der tschechischen Bullerei hätt ich dann sicher ein Guthaben. Weißt schon. Bei so einem Betrieb wie dem meinen ist das immer von Vorteil. Und jetzt Schluss mit der braunen Soße, Max." Irmi beugte sich über den Tresen ganz dicht zu Max hin, so dicht, dass der ihr dezentes Parfüm nochmals in die Nase bekam und ihm gleich ganz schwindlig wurde.

„Was ist mit uns, Max? Das Angebot vom vorigen Jahr steht noch."

Verführerisch fuhr Irmi sich mit ihren schlanken Fingern durchs Haar. „Wie wär´s heuer mit uns beiden. Überleg dir´s." Und mit einem Blick auf ihr Gegenüber fügte die Bordellbesitzerin etwas boshaft hinzu: „So attraktiv wie voriges Jahr bist eh nimmer, hast zugenommen? Heuer würd aber noch was gehen. Lang is nimmer hin bis Silvester."

Max japste bei so einem Angebot hörbar nach Luft.

„Aber an Herzinfarkt derfst ma net kriegen, Max", lachte Irmi. „Des könnt ich nicht brauchen, ein Koitustrauma wäre eine Katastrophe in meinem Beruf."

„Habt´s ihr keine Berufsgenossenschaft und keine Berufsunfähigkeitsrente?", gab Max ironisch zurück.

„Beamte samma net…"

„Mei Irmi, du gfallst mir."

„Mehr net?"

„Vielleicht ein anderes Mal. Pfiad de, Irmi. Bleib a so wiast bist."

Irmi umarmte Max so herzlich, dass es ihm fast einen Stich ins Herz gab. Im Roten Herz zu Böhmisch Eisenstein, das wusste er ganz sicher, hatte er eine Freundin gefunden.

„Und ruf an."

„Klar, Max."

Karel oder Karl?

Die ganze Heimfahrt über war Max seltsam beschwingt. Vor sich hin pfeifend durchquerte er das nächtliche Eisenstein und fuhr durch den im Scheinwerferlicht glitzernden Winterwald nach Hause. Seine Frau, die noch fleißig Deutschschulaufgaben korrigiert hatte, wunderte sich über den heftigen Schmatz, den er ihr bei seiner Ankunft auf den Mund drückte. Bei einem Glas Riesling vom Weingut Leiss in Gelmersbach erzählte Max alles, was er mit Irmi besprochen hatte. Fast alles.

Mittlerweile war es halb elf geworden, aber Max war noch so aufgekratzt, dass an Schlaf nicht zu denken war. Eva hatte aufs Neue zu korrigieren begonnen („drei Arbeiten noch, dann bin ich fertig mit der Schulaufgabe“), Max setzte sich auf die Eckbank in der Küche, schenkte ein weiteres Glaserl Riesling ein und holte sich etwas zu Lesen. Die Bücher des geliebten Böhmerwaldschriftstellers Karl Klostermann standen bei Max Esterl immer griffbereit im Regal.

Die Romane und Erzählungen Klostermanns hatte Max alle schon gelesen, manche schon zwei oder drei Mal. Der Ex-Kommissar ließ die Finger seiner rechten Hand über die Buchrücken gleiten. Etwas Kürzeres sollte er sich suchen, damit er nicht wieder die halbe Nacht dasitzen und lesen würde.

Esterls Hand blieb an einem schmalen, bordeauxroten Bändchen hängen und zog es aus dem Regal. „Karl/Karel Klostermann. 1848 – 1923“, hieß es kurz und bündig. Gerold Dvorak, ein profunder Kenner und

Übersetzer der Werke Karl Klostermanns hatte in dem Büchlein vieles zur großen Lebensproblematik dieses Schriftstellers zusammengetragen:

Er stand „zwischen zwei Nationalitäten und Sprachen“, wie Dvorak es so schön auf dem Klappentext des Buches formuliert hatte.

Max hatte das Büchlein vor Jahren schon gelesen, die Ereignisse der letzten Tage aber hatten ihm die Schwierigkeiten in den Beziehungen zwischen den beiden Nachbarvölkern noch einmal deutlich vor Augen geführt. Max war neugierig. Und er wurde fündig, kaum dass er das Inhaltsverzeichnis aufgeschlagen hatte:

„KARL oder KAREL?“, stand hier. „War Klostermann Deutscher oder Tscheche?“ Max sinnierte. Die gleiche Frage hatte er vor nicht allzu langer Zeit schon einmal gehört. „Deutscher oder Tscheche?“. Sein Freund Toni Ašnbrenr hatte sie sich selber gestellt. Toni hatte die Frage damals unbeantwortet gelassen.

„Böhmerwäldler bin ich“, hatte er gelacht. „Und Europäer.“

Max war gespannt, was Klostermann darüber gedacht hatte, dieser Sohn deutscher Böhmerwäldler, der auf Deutsch zu schreiben begonnen, dann ein tschechisches Gesamtwerk von 35 Bänden mit Romanen und Erzählungen hinterlassen und fünf Mal den tschechischen Literaturpreis erhalten hatte. Er musste Eva, die Expertin, einmal fragen, ob es überhaupt ein ähnliches Beispiel von Zweisprachigkeit in der Weltliteratur gab, beschloss Max. Ihm war auf alle Fälle niemand bekannt, der im einen Sprachraum so erfolgreich war und im anderen so angefeindet wurde.

„Für manche seiner Zeitgenossen“, so schrieb Gerold Dvorak in seinem Büchlein, „vor allem für diejenigen, welche besonders stramm deutsch-national gesinnt waren, war er kein Tscheche, sondern etwas noch viel „Schlimmeres“, nämlich ein Überläufer, ein Verräter an seinem Volke.“

Offenbar waren auch einige der stramm national gesinnten heutigen Zeitgenossen dieser Ansicht. „Henlein statt Klostermann!“ Max schüttelte den Kopf und las weiter, was Klostermann selbst zu diesem Thema geschrieben hatte:

„Ich bin also meiner Überzeugung und Gesinnung nach ein „Tscheche“… . Daraus folgt jedoch nicht, dass ich meinen deutschen Stammesgenossen gegenüber einen feindlichen oder auch nur unfreundlichen Standpunkt einnehmen würde. Im Gegenteil, ich liebe und schätze dieselben mit allen Fasern meines Herzens. Lassen Sie sich meine Schriften übersetzen, wenn Sie sie selbst nicht lesen können, und Sie werden sich überzeugen, dass ich die Wahrheit spreche. Finden Sie, dass ich meine deutschen Stammesgenossen aus dem Böhmerwald verunglimpfe, dass in meinen Schriften ein einziges Wort, ein einziger Gedanke enthalten ist, der von Feindseligkeit gegen die Deutschen Zeugnis gibt, so mögen Sie mich einen Schurken nennen. Ich vermag es ganz wohl, die Liebe zu beiden Stämmen, die mein böhmisches Vaterland bewohnen, in meinem Herzen zu vereinigen… .“

Noch einmal schüttelte Max seinen Kopf. Dreißig Jahre, nachdem dieser Text veröffentlicht worden war, hatten die Deutschen, angeführt von Hitler und seinem Steigbügelhalter Henlein mit dem Münchener Abkommen das Sudetenland und damit den Böhmerwald kassiert und nicht ganz vierzig Jahre danach waren fast alle „deutschen Stammesgenossen“ aus ihrem geliebten Böhmerwald vertrieben.

Und jetzt, wo das nachbarschaftliche Verhältnis sich langsam zu bessern begann, schrieben diese Idioten „Henlein statt Klostermann!“.

Max trank aus und ging zu Bett. Noch bis fast in den Schlaf hinein verfolgte ihn die Parole der Schilderspaxer „Henlein statt Klostermann!“

Versuchung

„Max, geh bitte ran, ich bin gerade beim Korrigieren“, rief Eva, als an einem trüben Januarspätnachmittag das Telefon bei den Esterls klingelte.

„Esterl“.

„Ja Max, schön, dass ich dich erwisch, seit der Beerdigung vom Karl hab ich mir vorgenommen, mit dir zu reden, du weißt ja bestimmt noch, dass wir beim Leichentrunk miteinander gesprochen haben. Du bist doch jetzt der Erbe vom Esterl Karl seinem Wald, oder?“

„Schaut so aus.“

„Hast du dir auch das Angebot, das wir dir gemacht haben, durch den Kopf gehen lassen?“

Max wusste nichts von einem konkreten Angebot. Er hatte auch kein Interesse zu verkaufen. Aber er hatte ein Interesse zu erfahren, welche Summen wohl im Spiel waren.

„Also…, wer von den Vieren, die damals am Tisch saßen, bist du eigentlich?“

„Der Schos bin ich, Georg. Mit deinem Onkel Karl war ich ja fest befreundet. Immer wenn bei dem was war, hab ich ihm geholfen. Ja und gelacht haben wir mit dem Karl, du kennst ihn ja,…kanntest ihn ja, den Karl. Ein Unikat.“

Unikum hatte der Schos wohl gemeint, aber auf das kam es jetzt nicht an.

„Und dabei war er so aufgeschlossen für alles Neue, der Karl. Der hätte die Windräder bestimmt begrüßt.“

„Ja, genau“, hätte Max jetzt am liebsten geantwortet, „und drei mal drei ist Donnerstag.“ Schos, der Schleimer, wurde ihm langsam unsympathisch.

„Schos, reden wir nicht lange um den heißen Brei herum. Mach ein Angebot, ich überleg´s mir und geb dir drei Wochen später Bescheid.“

„Der Max“, kam es aus dem Hörer, „genau wie sein Onkel, immer direkt, immer korrekt, immer konkret. Ich red noch mit dem Osterer, weißt schon, dem Ingenieur, dann kriegst das Angebot. Willst du´s schriftlich oder mündlich?“

„Schriftlich wär´s mir lieber, da hat man was in der Hand.“

„Wie sein Onkel, der Karl. Was man hat, das hat man. Genau so.“

Max hatte genug. „Schluife“ hatte man zu Männern vom Schlage des Schos in seiner Kindheit gesagt. „Schluife“. Ein passendes Wort.

„Also Schos, du weißt wo ich wohne.“

„Du hörst von mir, Max, auf alle Fälle. Wie der Onkel Karl“, hörte Max den Schluife noch sagen, ehe er den Hörer auflegte. Der Januartag war, so schien es Max, noch ein wenig grauer geworden.

Zwei Tage später hatte Max sein Angebot. Der Ingenieur Osterer persönlich hatte unterschrieben. Max war nicht erstaunt, dass der Schos offenbar für die Windradler arbeitete.

Über das Angebot allerdings war Max schon erstaunt.

35 000.- Euro Pacht pro Hektar pro Jahr! Damit hätte Max seine Pension fast verdoppeln können. Und Anna hätte sich in Passau ein ganzes Häuschen mieten können. Kein Wunder, dass da einige schwach geworden waren. Max wurde erst jetzt richtig bewusst, welche finanziellen Dimensionen hier im Spiel waren. Ein Millionengeschäft war das. Geld, so wusste Max aus seiner Dienstzeit, war immer das stärkste Motiv für ein Verbrechen.

Verfolgung

In den nächsten Wochen ereignete sich nicht viel. Anna studierte fleißig in Passau, Max kämpfte beim Langlaufen gegen die Pfunde, die er sich abends wieder auf den Körper fraß, Eva schrieb Zwischenzeugnisse, alles schien irgendwie zu schlafen.

Nur nicht die kleinen Braunen, die den nahenden Frühling zu riechen schienen, sich entpuppten und ihr zerstörerisches Werk im Wald begannen: Die Borkenkäfer.

Und leider auch nicht die großen Braunen, die gar keinen Winterschlaf gehalten hatten und ihr ebenfalls zerstörerisches Werk fortsetzen wollten.

Es war später Nachmittag, Max war gerade von einem Spaziergang heimgekommen und Eva bereitete eine Unterrichtsstunde vor.

Das Telefon klingelte. Max hob ab.

„Max, es ist so weit."

„Du bist´s, Irmi. Lass mich raten, die Glatzen verspüren Frühlingsgelüste und kommen heute Abend zu dir ins Rote Herz."

„Das war ja wohl nicht schwer zu raten."

„Ich benachrichtige sofort den Holub Pepi. Ab wann können wir denn ungefähr rechnen, dass wir bei euch auf der Matte stehen müssen?"

„Die drei haben von halb elf bis eins gebucht."

„Gebucht. Donnerwetter, bei euch ist ja schon alles so durchorganisiert wie in einer Zahnarztpraxis."

„Bei uns wird auch genau so oft gebohrt wie beim Zahnarzt“, meinte Irmi etwas anzüglich.

„Den Scherz hätt´st dir jetzt sparen können, Irmi. An sowas Primitives hab ich grad selber auch gedacht. Ich schau also dann, dass ich den Holub erwisch und wir stehen bis etwa ab halb ein Uhr vor eurer Haustür, Pardon, vor eurer Bordellpforte und warten. Wär schön, wenn du mich, kurz bevor die drei euren Tempel verlassen, noch mal anrufen könntest. Postkoitales Telefonat. Nachdem der letzte Peitschenschlag sanft verklungen ist, quasi.“

„Den Scherz hätt´st du dir auch sparen können, Max. Schaut, dass ihr die drei erwischt, um den Verdienstausfall ist mir nicht hart. Und, Max… .“

„Ja?“

„Pass auf dich auf!“

Fast denselben Satz hörte der Ex-Kommissar einige Stunden später, als er nach Železná Ruda aufbrach, von seiner Eva.

***

Die Nacht war klar und frostig. Max war überpünktlich auf dem Parkplatz vor dem Roten Herz gewesen, das jetzt in allen Rot- und Rosatönen blinkte und glimmerte. Rote Herzen, rosa Herzen, dazu noch einige hellblaue; Neonherzen, LED-Herzen spiegelten sich in den Scheiben der drei Autos, die auf dem Parkplatz vor dem Bordell abgestellt waren. Eines davon war ein schwarzer Mercedes-Geländewagen mit deutschem Kennzeichen.

Pepi Holub war noch nicht zu sehen.

Max stellte sein Auto an eine etwas dunklere Stelle und stieg aus. Das Eis- und Schneegemisch auf dem Parkplatz knirschte unter seinen Schuhsohlen, sein Atem wurde sofort zur weißen Fahne: Es war kalt heute Nacht, eiskalt. Max vertrat sich ein wenig die Füße und schaute hoch zur mächtig aufragenden, sich schwarz gegen den nachtblauen Himmel abzeichnenden Silhouette des Großen Arber auf der bayerischen Seite. Deutlich sah er die starken Scheinwerfer von zwei Pistenraupen, die auf dem Berg herumwerkten und die Pisten für den nächsten Skitag präparierten.

Max überlegte gerade, dass er dieses Jahr noch gar nicht so oft zum Skifahren gekommen war wie sonst, als er die Scheinwerfer eines Autos näher kommen sah. Pepi rollte mit seinem Zivilfahrzeug langsam auf den Parkplatz, blinkte Max, als er ihn sah, mit der Lichthupe kurz an, stoppte und öffnete die Wagentür.

„Ahoj, Pepi"-„Grieß dich, Max", mehr brauchte es nicht zwischen den beiden. Max stieg ein.

Pepi manövrierte seinen dunklen Škoda in die finstere Ecke, in der auch das Auto von Max stand. Er wollte vermeiden, dass die Glatzen Lunte rochen.

„Also, Max. Wir vrfolgen die Männr unauffällig, abr nur in Richtung Innres von Behmen. Wenn fahrn Richtung Deitschland, egal fir uns."

„Klar, Pepi, dann steig ich aus und fahr heim."

„Dann steigen wir sich aus, Max, und trinken ein Bier bei Irmi und du fährst heim."

„Du nicht?“, entfuhr es Max.

Pepi lachte, wie es Max schien, etwas gekünstelt: “Fahr´s mich auch heim, abr spätr. Hab noch Dienstgespräch.“

„Mit der Chefin?“

„Musst nicht alles wissen, Max.“

Pepi wechselte wieder zum wirklich Dienstlichen.

„Drei unsre Patrouillen sind untrwegs in Šumava an Strategieorten. Einer in Nyrsko/Neiern, wenn Glatzen fahren dorthin, zweitr Gebiet Kašperské Hory/Bergreichenstein und dritter Gebiet Srni/Rähberg, wenn fahrn in hohe Šumava. I habs Kontakt mit dene auf Polizeifunk, wenn brauchen Hilfe. Wir vrfolgen däfensiv, vrstehst, Max. Erst wenn Glatzen spaxen, dann Vrstärkung rufen und zuschlagen.

Hab schon ibrlegt Beilsendr. Abr nicht so einfach fir Genehmigung. Frihr, bei Kommunismus war einfacher. Ganze tschechoslowakische sozialistische Republik war vrbeilt. Hahaha.“

Max wusste, dass Pepi damals als junger Mann selbst das Opfer einer solchen Peilung geworden war. Schön, dass er heute darüber lachen konnte.

Das Handy in seiner Anoraktasche riss Max aus seinen Gedanken. Irmi war dran.

„Die Deutsche Wehrrrmacht sattelt, nachdem die Jungs alles fürr´s Vaterrland gegeben haben. In 5 Minuten kommen sie. Grüß den süßen Pepi. Und passt auf euch auf.“

Jetzt ging´s also los.

Die Bordelltür öffnete sich und heraus kam mit etwas unsicheren Schritten der Erste, der Säufer, eine Flasche Pilsener Urquell in der Hand. Die beiden anderen folgten fast gleichzeitig, der eine von ihnen warf eine brennende Zigarre in einen Schneehaufen. Alle drei waren sie schwarz gekleidet. Wie immer.

Sie unterhielten sich und lachten, während sie auf ihr Fahrzeug zugingen und die elektronische Entriegelung schnalzen ließen. Von dem dunklen Škoda im hintersten Eck des Parkplatzes, der ihnen mit ausgeschalteten Scheinwerfern folgte, hatte keiner Notiz genommen.

Die Spaxer hatten es nicht eilig. Ihr Wagen rollte durch das um diese Zeit menschenleere Železná Ruda über den Bahnübergang und am Vietnamesenmarkt sowie am Campingplatz vorbei Richtung Klatovy. Pepi zog die Luft durch seine Zähne und gab den Kameraden, die in Nyrsko postiert waren Bescheid, dass es in die andere Richtung ging. Sie sollten, so erklärte er Max, zum Grenzübergang nach Eisenstein fahren und diesen sperren, wenn es notwendig war. Respekt. Pepi hatte scheint´s an alles gedacht. Außerhalb der Ort schaft Železná Ruda musste Pepi die Scheinwerfer einschalten, die Fahrt wäre sonst zu gefährlich geworden.

Oben an der Gerlhütte folgten die drei nicht der Hauptstraße nach Klatovy, sondern bogen nach rechts ab. Dorthin, wo die Täter schon einmal gespaxt hatten, nach Nová Hŭrka, Dobrá Voda und Hartmanice.

Die Straße verlief hier über viele Kilometer fast schnurzengerade, so wie Max das aus den amerikanischen Highwayfilmen kannte. Das war natürlich ungünstig für die Verfolger. Auch wenn sie mit Abblendlicht fuhren.

Andererseits: Seit einer Viertelstunde war den beiden niemand entgegengekommen, die Spaxer glaubten also sicher, ihrem Geschäft ungestört nachgehen zu können. Sie würden an einem Schild halten und so tun, als ob sie bieseln müssten, das Fahrzeug von Pepi und Max, das sie bestimmt schon bemerkt hatten, würden sie vorbei ziehen lassen und dann würden sie zuschlagen. Zuspaxen. In zwei Minuten war die Sache dann erledigt und das nächste Schild war dran. So einfach.

Die Spaxer aber hielten nicht. Nicht in Nová Hŭrka. Sie nahmen aber, einige Minuten später, die Abzweigung nach Prášily. Diese Straße führte durch ein riesiges, menschenleeres Moorgebiet entlang des Kieslingbaches. Birken säumten ihren Weg, die Schneeränder neben der Straße wurden höher.

Pepi wurde, als er ihnen, nunmehr mit großem Abstand folgte, etwas nervös.

„Is nicht gut, Prášily. Dorthin fährt niemand um diese Zeit. Ende von Svět, von Welt. Hoffentlich merken nicht Vrfolgung."

„Kruminale", Max war nicht begeistert von dieser Entwicklung. Das hatte er sich anders vorgestellt. Nun fuhren sie kilometerweise durch menschenleeres Gebiet einem Auto nach, dessen Insassen gar nicht so berauscht vom Pivo oder vom Bordell sein konnten, dass sie das nicht merkten. Jetzt verlangsamte der Mercedes tatsächlich sein Tempo, Pepi kam näher, verlangsamte ebenfalls, um nicht aufzuschließen.

„Scheiße, die haben was gemerkt."

Jetzt hielt der Mercedes und zwei der drei stiegen aus um...zu bieseln. Auf freier Strecke, ohne dass irgendein Schild in der Nähe war, das sie bespaxen konnten.

Pepi schlug vor Zorn mehrere Male auf das Lenkrad. „Do prdele. Habens gemerkt. Jetzt muss ich ibrholen. Die spielen Spiel mit uns, Max. Mauskatz."

Langsam fuhr Pepi an den Bieslern vorbei, die sich keineswegs stören ließen. Nach der nächsten Kurve hielt Pepi seinen Škoda an und begann zu wenden. Er hatte im Rückspiegel gesehen, dass das andere Fahrzeug auch wieder in die Gegenrichtung zu fahren begonnen hatte.

Pepi fluchte nochmals und gab etwas auf Tschechisch per Funk durch.

„Wenn Kollegen rychle, wie sagt man...schnell, Beeilung, dann kennen stoppen an Kreizung.

Dann ganze Arsenal. Alkotest, Wagensuchung, Kerpersuchung, alles. Wir finden Tafeln, Schraubr. Beweis genug. Schenr were anders gewesen. Mit Foto bei Ortsschild. Major Holub schraubt Nazischild ab. Major Holub vrhaftet Glatzen prsenlich. Major Holub wird Obrst. Weißt Max, so geht bei uns."

„Bei uns schon auch", beeilte sich Max zu versichern. Dass aber der Pepi ebenso titelgeil war, das hatte Max sich nicht gedacht.

„Scheißegal, Max. Major is au gut. Kann nicht alles haben."

So gefiel der Pepi dem Freund schon wieder besser. Dessen folgende Aussage überhörte Max allerdings geflissentlich:

„Hoffentlich hat Rotes Herz noch auf, wenn Sach is erledigt. Brauch noch ein Pivo."

Nach dem, was Max von Irmi gehört hatte, konnte er sich gut vorstellen, wie die Begleitung für dieses Bier aussah.

Aber Max kam nicht mehr dazu, sich irgendetwas vorzustellen. Als sich der Škoda der beiden der Ortschaft, eigentlich waren es nur ein paar Häuser mit dem eigenwilligen Namen „Schnepfenstrich"/Slučí Tah näherte, sahen sie schon Blaulicht zucken, das Blaulicht der Kollegen von Pepi, die gerade dabei waren, den Wagen der drei Glatzen auseinanderzunehmen.

Pepi stoppte und stieg aus, Max blieb, so wie sie es vorher ausgemacht hatten, im Wagen sitzen, beobachtete und hörte zu. Das Wagenfenster hatte er weit heruntergedreht. Die Glatzen waren zu sehr abgelenkt, keiner warf auch nur einen Blick zu ihm herüber.

Die Glatzen standen breitbeinig da, die Hände auf dem Wagendach, ein Polizist bewachte sie mit gezückter Pistole, zwei durchsuchten Auto und Kofferraum, Pepi stand daneben und beobachtete.

Nichts kam zum Vorschein, nichts. Die Polizisten fanden keine Schilder, keinen Schrauber, keine Schrauben. „Nic, nic, nic!"

Der Fahrer überstand die Blutalkoholkontrolle problemlos, die Deutschen begannen, nachdem sie anfangs noch still gewesen waren, schön langsam frech zu werden.

„Freie Bürger der EU", glaubte Max zu hören. „Werden uns beschweren. Be-schwe-r e n!

Unverschämtheit, wie man mit unbescholtenen Deutschen umgeht", drohte der größere der drei, der Fahrer und offenbar auch Anführer der Gruppe.

Die tschechischen Polizisten hatten nichts in der Hand gegen die Glatzen. Sie nahmen noch deren Personalien auf, ließen einige Beschimpfungen über sich ergehen und mussten die drei dann ziehen lassen.

„Da wird ich mir wiedr frihers kommunistisches System zurickwinschn", stöhnte Pepi, als er sich in seinen Autositz fallen ließ. „Da wärens nicht so frech geworden, sonst hettens kriegt eins auf Goschn. No ja, kannst nicht alles haben. Freiheit und Frechheit is nah beinand."

Pepi der Philosoph ließ sein Auto langsam durch den wegen des Schnees nicht ganz so dunklen Winterwald hinunter nach Železná Ruda rollen, stieg zusammen mit Max auf dem Parkplatz des Roten Herzens aus, winkte dem heimfahrenden Ex-Kommissar noch zum Abschied und steuerte zielstrebig auf den immer noch rotherzblinkenden Eingang des Bordells zu.

Es war vier Uhr vorbei. Auf dem Arber waren um diese Zeit keine Pistenraupen mehr zu sehen. Feierabend.

Am nächsten Morgen, es war noch nicht acht Uhr, rief Pepi schon an.

„Dobre rano, Maxe. Geht gut?"

„Danke", antwortete Max mit Schlaf in der Stimme. „Auch Guten Morgen. Und selber? Wie geht's dir? Rufst du vom Roten Herz aus an. Bist noch dort, bei der Irmi?" Beim Gedanken daran stahl sich etwas in die Seele vom Max, von dem er nicht sagen konnte, was es war. Eifersucht war´s nicht, so ein Depp war er nicht. Aber: Pepi und Irmi?

Der Pepi ging überhaupt nicht auf die Anspielungen von Max ein.

„Hab´s ganze Nacht spekuliert. Ibr Glatzen."

„So, spekuliert heißt das bei euch Tschechen, was du die ganze Nacht bei der Irmi…?"

Max ließ den Satz unvollendet, Pepi lachte gutmütig.

„Wie sagt man´s bei eich? Schnaps is Schnaps…".

„Ja, und Dienst ist Dienst, aber umgekehrt. Erst Dienst, dann Schnaps…".

„Wie jetzt umgekehrt? Dienst is Schnaps? Was meinst damit, Max?"

Der brave Soldat Josef „Pepi" Schwejk!

„Spaß beiseite, Pepi. Ist noch was rausgekommen, was hat eure Überprüfung der drei Glatzen ergeben?"

„No, nicht so auffällig. Zwei geheren bei eich in Bayern zu rechte Milieu. Kaum Vorstrafen. Schlägereien und so."

„Mach mir Kopien und lass es mich lesen." Max war in seinem Element. „Und, was meinst, Pepi, sind die nur zu ihrem Vergnügen nachts um halb zwei durch den Böhmerwald gefahren oder nur um kurz vor Prášily bieseln zu gehen?"

„Drum hab ich ja ganz Nacht spekuliert Max, abr du nimmst mir nicht ernst."

„Doch, natürlich, Pepi. Aber, jetzt wirklich ernsthaft, was hast rausgekriegt bei deinen Spekulationen?

Vielleicht dasselbe wie ich?"

Es stellte sich heraus, dass die beiden tatsächlich fast die gleichen Schlüsse aus dem nächtlichen Fehlschlag gezogen hatten.

Es konnte kein Zufall sein, dass die Glatzen nach ihrem Bordellbesuch nicht nach Zwiesel sondern in das Šumavagebiet gefahren waren. Die hatten noch etwas vorgehabt und waren dann auf ihre Verfolger aufmerksam geworden. Das mit dem Hintennachfahren war wohl doch keine so gute Idee gewesen. Jetzt waren die Glatzen natürlich gewarnt, das war der Nachteil. Aber die Sache hatte auch einen Vorteil.

Die Freunde waren sich sicher, dass es nur einen Grund geben konnte, warum in dem Mercedes-Geländewagen nichts Verdächtiges zu finden war:

Die Glatzen hatten irgendwo im Böhmerwald ein Lager.

„Prášily", sagte Pepi und gleichzeitig rief Max „Stubenbach, Kruminale" in den Hörer.

„Da müssen wir suchen."

Spurensuche in Stubenbach

Die nächsten zwei Wochen war das Wetter schlecht gewesen. Die Berge hatten sich nicht ein einziges Mal gezeigt, nicht einmal der Hennenkobel war zu sehen, die Wolken hingen tief, genau über dem Bergdorf Rabenstein, immer wieder schneite es.

Eva hatte Konferenzen, um die Zwischenzeugnisse vorzubereiten und kam dann abends müde heim, Max hatte bei dem Wetter keine große Lust zum Skifahren, nur zwei Mal war er Langlaufen gegangen, einmal davon auf die Loipe, die von Flanitzalm, wenige Meter hinter der Trinkwasseraufbereitungsanlage in das Frauenauer und später dann auch in das Rinchnacher Loipennetz führte. Oben am Josefi, einer Lichtung, auf der eine kleine Kapelle stand, hatte Max den Gunther getroffen, den alten Freund, der ebenfalls mit den Skiern unterwegs war.

„Habts kein Glück gehabt in Böhmen mit den Spaxern, habs schon gehört.“ Von wem der Gunther das gehört haben konnte, war Max ein Rätsel. Im Bayerwald-Boten hatte er es auf alle Fälle nicht lesen können.

Max beschloss, Gunther ins Vertrauen zu ziehen und ihm alles über die Schilderspaxer zu erzählen. Als gebürtiger Böhmerwäldler kannte er sich bestimmt bestens aus in der Gegend und auf die Glatzen war er sicher nicht gut zu sprechen.

„Stubenbach“, sinnierte der Freund, nachdem Max berichtet hatte. „Von da stammt meine Mutter. Da kenn ich heut noch fast jedes Haus. Auch die, die lang schon nicht mehr stehen, weil sie das Militär zusammengepledert hat, in der schlimmen Zeit, als das Dorf ein Truppenübungsplatz des Warschauer Pakts war. Stubenbach, das könnt schon sein, dass die Spaxer dort ihre „Filiale“ haben. Abgelegen genug ist es.“

Max ergriff die Chance.

„Gunther, du bist mein Mann. Wir machen einen Ausflug mit den Langlaufskiern nach Stubenbach. Du, ich, Eva…“, als Max Gunthers skeptisches Gesicht sah, fügte er an „…und Anna.“

Sofort hellte sich die Miene des Freundes auf und er stimmte fast zu. „Ich weiß nicht, ob ich das noch derpack, bin ja doch nicht mehr der Jüngste, von Spiegelhütte bis aufs Gsenget rauf.“

„Leicht, Gunther, leicht, so wie du beinand bist. Wir lassen uns Zeit, uns pressiert nichts. Und in Stubenbach essen wir zu Mittag bei ganz interessanten und lieben Menschen, wirst sehen, die werden dir gefallen. Ich melde uns noch heute dort an.“

Damit hatte Max das Interesse des Freundes endgültig geweckt.

„Aber das Wetter, das muss schon viel schöner sein als heute.“

„Alleweil hängts net auf oa Seitn, Kruminale. Wird eh besser, hat der Wetterbericht gebracht.“

„Ja, dann.“

„Ich ruf dich an, wenn´s so weit ist. Pfiad de!“

Am Faschingsdienstag war es so weit: Wolkenloser Himmel, strenger Nachtfrost, der Harsch würde tragen, so dass sie auch querfeldein gehen konnten.

Anna, die einige Tage vorlesungsfrei hatte und heim nach Zwiesel gefahren war, freute sich schon so auf die Tour, dass sie seit 6 Uhr morgens auf war und freiwillig alle Langlaufskier gewachst hatte, Eva dagegen maulte, weil sie in den wohlverdienten Ferien so früh raus musste.

In Spiegelhütte, ihrem Ausgangspunkt, machte Max noch einen kleinen Abstecher zum Straßner-Wirtshaus, um sich mit den wunderbaren Buchteln der Straßner-Oma einzudecken, falls jemand der „Heißhunger" überkäme.

„Nach Stubenbach wollt ihr? Da bin i auf d´Welt kemma." Die Wirtin strich sich durch ihre dichten, grauen Haare. „Der Gunther geht mit euch? Dass der noch so gut zu Fuß ist? Auch einer von drent, der Gunther. Alle Jahr werden wir weniger, wir Stubenbacher. Die Buchteln stammen auch von dort, zumindest s´Rezept. Tragt die Buchteln umme in die alte Heimat, dort schmecken sie bestimmt besonders gut. Und sagt dem Gunther viele liebe Grüße."

***

Am Parkplatz wartete Gunther schon, und die vier machten sich auf den Weg, der zunächst über einige Kilometer ziemlich steil bergauf führte.

„Du schnaufst ja wie ein altes Postross", bemerkte der einige Jahre ältere Gunther zu seinem ehemaligen Schützling und fing damit drei Blicke ein: Einen belustigten, einen besorgt zustimmenden und einen grantigen.

„Musst was tun. Geh Fußball spielen. Ich kick da bei einer Altherrentruppe. Spielen immer noch. In Buchenau auf dem alten Sportplatz, das wär genau das Richtige für dich, da sind außer dir auch noch einige andere Wamperte dabei. Jeden Freitag um halb Fünf."

Max schaute an sich herunter. Kernig war er. Gut beinander. Etwas herausgefüttert vielleicht. Höchstens vollschlank. Keineswegs wampert.

„Du, schau fei auf, was d´ sagst, alter Krauterer, sonst lauf ich dir davon und wart auf dich, drüben in Stubenbach und hab schon fünf Halbe getrunken, bis du kommst."

Max sah, wie Evas Lippen das Wort „Angeber" formulierten. Dann war, außer dem unterdrückten Keuchen von Max nichts mehr zu hören, bis sie oben an der Grenze, kurz vor dem Gsenget waren. Dort hielten die vier eine kleine Rast, Max packte die Hälfte der Buchteln aus. Sie schmeckten wunderbar zu dem heißen Tee, den Eva in einer Thermosflasche mitgenommen hatte.

Die herrliche Aussicht auf die Böhmerwaldberge, die die Langläufer genossen, ließ Gunther einen tiefen, für alle hörbaren Seufzer tun.

„Schaut´s nur hinein in den Böhmerwald, die Heimat meiner Mutter. Und sicher wäre sie auch meine Heimat geworden, wenn nicht… ."

Die helle, neugierige Stimme von Anna mischte sich ein.

„Kannst sie dann eventuell sogar verstehen, die Schilderspaxer? Die drücken doch die Gefühle aus, die du, die vielleicht jeder Heimatvertriebene hat. Könnte da nicht sogar die Sudetendeutsche Landsmannschaft dahinterstecken und nicht die drei Glatzen?“

„Um Gottes willen, Anna, weißt du, wie alt der Jüngste von unserer Landsmannschaft ist?“

Gunther schluckte den letzten Buchtelbissen hinunter.

„Wir sind immer gewaltlos gewesen, obwohl man uns die Heimat genommen hat.

Viele der Sudetendeutschen waren so blöd, dass sie dem Hitler nachgelaufen sind, so konnte der Benesch alle rauswerfen, ohne dass sich jemand aufgeregt hätte. Deutschland hatte die Welt mit Krieg überzogen und ungeheure Gräueltaten begangen. Auch gegen die Tschechen. So ließ man denen die Rache. Niemand tat etwas gegen die Vertreibung, der sogar Leute zum Opfer fielen, die gegen den Hitler waren.

Lass so was heute passieren, was da los wäre. Denk an die Palästinenser, den Kosovo, Syrien, Afrika! An all die Flüchtlingsdramen unseres Jahrzehnts. Diese Vorgänge schockieren die ganze Welt. Zu Recht!

Mit uns dagegen hatten damals nur sehr wenige Mitleid. Einige Millionen waren wir. Und schlimme Dinge sind passiert, das könnt ihr euch heute gar nicht mehr vorstellen.

Glaubst du, alle haben das verdient, diese Gräueltaten, diese Entwurzelung, diese Racheakte? Da hat es viele Unschuldige erwischt. Nicht alle haben nach dem Hitler geschrien. Aber alle, fast alle mussten gehen. Es war nicht leicht, das zu überwinden und zu verdauen, viele waren traumatisiert, einige von uns hatten sicher auch revanchistische Gedanken. Aber wir sind den friedlichen Weg gegangen, das sollte man anerkennen. Es war eine schwere Lektion, aber wir haben sie gelernt, lernen müssen.

Wenn es jetzt Leute gibt, die solche hirnrissigen Aktionen machen, dann sind das keine von uns. Wir haben Frieden geschlossen." Gunther lächelte ein bisschen traurig: „Und schau uns doch an, komm auf unser nächstes Treffen. Wir sind ja schon froh, wenn wir unsere Halbe Bier nicht verschütten beim Trinken. Die Jüngsten sind siebzig. Wer von uns sollte da beim Schneesturm nachts raus und deutsche Ortsschilder auf die tschechischen aufspaxen?"

Die drei Esterls nickten dem Freund zustimmend zu und die Gruppe machte sich auf den Weg talwärts, ins Böhmische, nach Stubenbach. Von Zeit zu Zeit hielt Gunther, der die Führung übernommen hatte, um den Freunden etwas zu erklären oder sie auf eine besonders schöne Aussicht hinzuweisen.

Stubenbach, so erzahlte Gunther, war vor dem Krieg nicht nur eine bedeutende Sommerfrische, sondern auch ein beliebter Wintersportort gewesen. Max blickte um sich und konnte sich gut vorstellen, was hier einmal los gewesen sein mochte. Schnee in rauen Mengen, damals sicher noch viel mehr als heute, wunderbare Skihänge, Ruhe und gute Luft.

„Hier ist´s. Das Rote Herz!"

Der Freudenschrei von Anna holte Max wieder in das 21. Jahrhundert zurück. Richtig. Hier führte der

Feldweg nach oben, hier war auch der Keramikwegweiser mit dem roten Herzen noch. Die Erinnerungen kamen in Max hoch, Erinnerungen an den Fall, der ihn voriges Jahr hierher geführt hatte. Max kam es vor, als sei die Zeit seitdem geflogen, als hätten sie die schönen Stunden hier und dann die Angst, die drückende Angst um ihre Ziehtochter Anna erst gestern erlebt.

Anna war ganz aufgeregt. Sie hatte hier, bei dieser tschechisch-deutschen Gemeinschaft, die in dem alten, so liebevoll hergerichteten Bauernhof wohnte, echte Freunde gefunden: Luise und Jackl, das Paar aus Bayern, Zdenka und Vašek, die Tschechen. Sie hatten nach der Verhaftung und Verurteilung von Viktor dem „Herzober", dem früheren, verbrecherischen Chef der Rotherzler die Verantwortung und die Geschäfte hier übernommen.

Die Begrüßung verlief stürmisch. Anna und das Luiserl umarmten sich, tanzten umeinander herum, bis Luise „ich kann nicht mehr" rief und sich auf die Hausbank fallen ließ.

Mit weiblichem Instinkt hatte Anna den Grund für Luises Ausruf gleich erahnt: „Bist du etwa…?"

Noch einmal fielen sich die beiden um den Hals.

„Das gibt´s doch nicht", lachte Anna immer wieder. „Das gibt´s doch nicht."

Das Mittagessen, das die Rotherzler zubereitet hatten, war „vorzüglich" gewesen, wie Gunther, seinen Mund spitzend, drei oder vier Mal laut kundtat.

„Fast alles vom eigenen Hof", bemerkte Jackl stolz.

Eine Weißkrautsuppe hatte es gegeben, die so fein süß-säuerlich abgeschmeckt und mit Majoran und einem deutlichen Hauch Knoblauch gewürzt war, dass Gunther und Max jeweils zwei Teller davon verputzt hatten. Als Luise danach bemerkte, dass diese kräftige „Zelňačka" gleichzeitig die Hauptspeise war, hatten sie sich gar noch zu einer dritten Portion „überreden" lassen. Das selbstgebackene Brot, das dazu gereicht wurde, duftete ganz außergewöhnlich nach den verschiedensten Gewürzen. Besonders der Kümmel darin hatte es den beiden männlichen Gästen angetan.

Als Nachspeise wurden „Liwanzen" angekündigt. Max freute sich unbändig, als er in den Liwanzen die „Riwanzerl" seiner Mutter entdeckte, von denen er als Jugendlicher niemals genug kriegen konnte. Die hier waren knusprig herausgebacken, in Zimt und Zucker gewendet und sie enthielten genau die richtige Anzahl Rosinen, „Weinberl" hatte man früher dazu gesagt. Max langte immer und immer wieder zu, bis ihn ein Blick von Eva streifte.

Er schob das Pfandl mit den Riwanzerl weit von sich auf die andere Seite des Tisches.

„Konec"?, fragte Zdenka, die Köchin. „Schluss", bestätigte Max mit einem wohligen Seufzer.

„Als ob er daheim nichts kriegen würde", versuchte Eva ihren Gatten zu entschuldigen. Zdenka war zufrieden. Solche Gäste, die so zulangten wie Gunther und Max, hatte sie nicht jeden Tag. Die erfreuten das Herz einer Köchin.

Während des abschließenden Schnapserls („Vogelbeere selbstgebrannt") sprach Max über den Grund ihres Besuchs.

Natürlich hatten die Rotherzler von den Spaxereien gehört und natürlich wollten sie helfen, die Schmierfinken zu finden. „Diese Sauereien vergiften das Klima zwischen den Tschechen und Deutschen sogar hier. In Prášily."

In Prášily war ihnen allerdings kein Ort bekannt, keine Hütte oder Unterkunft, die als Lager für die Schilder und das zum Spaxen notwendige Werkzeug dienen konnte.

„Obwohl."

Alle Köpfe wandten sich dem Sprecher dieses Wortes zu.

„Obwohl", wiederholte der Jackl aus dem Lamer Winkel, warf einen Blick zu seinen tschechischen Freunden und fügte hinzu: „Das Jagdhaus von dem Spezl vom Viktor, unserem Herzober. Dem Komischen, den Viktor noch von früher her gekannt hat. Aus seiner Zeit in der Chemischen Industrie. Dem Ingenieur."

„Ein Jagdhaus?" Max beugte sich interessiert nach vorn und stellte sogar sein Schnapsglas wieder auf den Tisch, ohne einen Schluck genommen zu haben.

„Ja", fuhr Jackl fort, „ein Jagdhaus. Stubenbach war schon immer ein Eldorado für Jäger und Wilderer. Fürsten und Lumpen waren in diesem Teil des Böhmerwaldes gewesen, um zu schießen: Hirsche, Rehe, Auerhähne, es gibt tausend Geschichten um die Jagd hier. Ein früherer Stubenbacher Lehrer, Josef Schramek war sein Name, hat einige davon aufgeschrieben, 1927. Das Büchlein wär´s wert, dass man es noch einmal drucken würde. Seit wir hier Nationalpark sind, ist´s jedoch vorbei mit dem Schießen. Aber das Jagdhaus gibt´s noch. Hat das noch der…? Der…, ich komm jetzt nicht auf den Namen."

„Osterer? War sein Name Osterer?"

„Kann sein, ich weiß es einfach nicht mehr. Ein Deutscher ist er und ein Freund von unserem früheren Boss. Ich weiß bloß nicht mehr seinen Namen. Seit er nicht mehr jagen darf ist er auch nicht mehr hier gewesen, oder?", wandte sich Jackl an seine tschechischen Freunde. „Niemand kümmert sich um das Haus."

„Könnt ihr uns das Haus zeigen?", fragte Max interessiert.

„Klar, kein Problem." Jackl schaute Vašek an. „Není problém", bestätigte dieser. „Kann´s eich zeigen. Habt ihr Zeit? Halb Stunde."

Während die Frauen und Jackl ausgiebig weiterratschten, machte sich Vašek mit Gunther und Max auf den Weg. Zuerst ging es hinunter ins Dorf, dort überquerten sie einen Bach, der jetzt, zu dieser Jahreszeit, völlig zugefroren war, dann folgten sie einer vom Schnee geräumten Straße, die eigentlich mehr ein Weg war. Erst ging es durch ein Waldstück, dann kam eine Lichtung, an deren Rand, direkt an den Wald geschmiegt, das Haus stand.

Ein schindelgedecktes Holzhaus mit angebauter Garage, große Hirschgeweihe an der zur Straße her zeigenden Front. Sehr einsam. Sehr verlassen. Doch eine

Autospur führte von der Straße weg, die paar Meter hin zum Haus. Keine frische Spur, halb verschneit schon wieder, aber deutlich erkennbar. Hierher war jemand gefahren. Allerdings schon vor Wochen. Seitdem nicht mehr.

„Das würde passen, Kruminale." Max Esterl konnte sich unschwer vorstellen, was dieses Haus verbarg. Gesichert war es auf jeden Fall gut, stellte der Ex-Kommissar mit Kennerblick fest. Alarmanlage, vielleicht auch noch einige Extras. Nicht leicht zu knacken. Trotzdem war Max jetzt sicher: Das Jagdhaus war ein erster Anhaltspunkt.

Der Heimweg war wunderschön gewesen. Nicht nur, weil Max zufrieden war mit dem Ergebnis seiner Recherchen, sondern auch, weil die vier die, wie Anna nachher bemerkte, „geile Abfahrt" von der Grenze bis Spiegelhütte in vollen Zügen genossen. Der Schnee lag genau so hoch auf der Forststraße, dass man flott zu Tal rauschen konnte, ohne groß bremsen zu müssen.

Das Bier, das die vier internationalen Ermittler zum Ende ihrer Abfahrt beim Straßner genossen, setzte dem Tag noch die Krone auf. Mit roten Backen saßen sie am Stammtisch und tranken auf den gelungenen Skiausflug.

Max Esterl war zufrieden. Endlich weitergekommen.

„Die Schlinge zieht sich zusammen", dachte Max, als sie auf dem Weg nach Zwiesel waren.

Jetzt mussten sie nur das Jagdhaus knacken. Wer war der Besitzer oder Mieter? Hatten die Glatzen dort ihr geheimes Quartier? Was hatten sie dort verborgen?

Im Jagdhaus lag der Schlüssel, davon war Max überzeugt.

Noch eine Leich?

„Es gibt nix bessers wia ebbs guats", mit diesen Worten hob Gunther sein Flaschl Heigerbier vom Zwieseler Pfefferbräu und prostete seinen drei „Holzhauern" zu. Und tatsächlich, nach so einem Tag im Wald, voller Plackerei und schweißtreibender Holzarbeit schmeckte das Bier so gut, dass Max Esterl sein Flaschl mit einem Zug bis fast zur Hälfte leerte.

Max war froh und auch ein wenig erleichtert, dass das „Aufräumen" in seinem Waldteil bis jetzt so gut funktioniert hatte. Anna und Gunther hatten darauf gedrängt, dass der Käfer schon in den ersten richtigen Frühlingstagen bekämpft wurde, kaum dass der letzte Schnee in den Bärnzeller Wäldern geschmolzen war.

„Am Käfer derfst net traun, dem musst du die Gurgel abdrehn, sonst ghörst der Katz. Umhauen und abrindeln musst du die Bäume", so lautete Gunthers Devise. „Nicht wie im Nationalpark, wo ihnen der Käfer ausgekommen ist. Und jetzt werden s´ ihm nimmer Herr."

Annas Semesterferien hatten gerade begonnen, sie war nach Zwiesel gekommen und hatte als erstes „wann pack ma´s?" gefragt. Das Wetter hatte gepasst, nachts war es zwar noch etwas kühl, aber die Frühlingssonne wärmte schon. Max hatte Gunther angerufen, auf dessen Erfahrung in der Waldarbeit und vor allem auf dessen Bulldog mit Anhänger man nicht verzichten konnte, und so hatten Max und Anna sich am Samstag nach Ostern in Arbeitskleidung geschmissen und auf den Weg nach Bärnzell machen wollen.

Max staunte nicht schlecht, als er aus dem Haus trat.

„Was machst denn du da, Toni?“, begrüßte er mit verdutztem Gesicht den jungen tschechischen Freund, der sonderbarerweise auch Arbeitskleidung trug. Toni stand ziemlich verlegen da, murmelte etwas, das wie „Ahoj“ klang und fragte „kann ich´s helfen?“

„Woher weißt du denn überhaupt, dass wir…?“

Max kam gar nicht dazu, die Frage auszusprechen, da mischte sich Anna ein.

„Das ist so, Max: Der Toni und ich, wir haben uns gestern gesimst, zufällig, und da hat er von unserem Einsatz erfahren. Und er möchte halt helfen, gell, Toni?“

Natürlich konnte man den Toni brauchen, und so arbeiteten sie den ganzen Tag in zwei Trupps: Anna und Toni waren für die kleineren Fichten zuständig, Max und der erfahrene Gunther für die größeren Exemplare. Anna zeigte, was ihr die „Nationalparkborkenkäferzüchter“, wie Max sie nannte. im Kettensägelehrgang beigebracht hatten. Fesch sah sie aus mit ihrem roten Schutzhelm, unter dem keck einige braune Locken hervorschauten.

In den nächsten Stunden hörte man nichts als das Kreischen der Motorsägen und die Rufe von Gunther und Anna, wenn wieder ein Baum fiel.

Bis Mittag hatten die zwei Teams schon jeweils ein Dutzend Bäume umgelegt, die vom Käfer befallen waren. Nach einer kurzen Brotzeit machten sie sich daran, die Fichten zu entasten und zu entrinden, zu schepsen. Das war eine anstrengende Arbeit und Max hatte ganz schön zu tun, um einigermaßen mit Gunther mithalten zu können. Max bewunderte den doch etliche Jahre älteren Freund.

„Kruminale, Gunther, du werkelst aber noch wie ein Junger." Auch Anna lobte er:

„Anna, du werkelst ja schon wie eine Alte."

Selbst Toni hatte die unfreiwillige Komik kapiert, die in den Sätzen des Ex-Kommissars lag und lachte mit den anderen mit.

Gegen halb fünf Uhr waren die vier einigermaßen fertig. Der Hänger, der mit dem Bulldog draußen auf der Forststraße stand, war bis oben hin vollgeladen mit Meterholz, zu dem die Waldarbeiter die schwächeren Stämme verarbeitet hatten und das der Max dem Gunther zur Hälfte für seine Hilfe versprochen hatte. Die andere Hälfte wollte der Freund mit seinem Holzspalter, der „Kluibmaschin" zu Scheitern zerkleinern und dem Max frei Haus liefern. Max freute sich schon auf den nächsten Winter. Dann konnte er seinen Kachelofen mit dem eigenen Holz befeuern.

Die größeren Stämme würde in den nächsten Wochen ein Holzreißer herausziehen, den Gunther gut kannte. Gunther wollte auch deren Verkauf für Max übernehmen.

„Jetzt langt´s!", hatte Max geseufzt und mit der rechten Hand demonstrativ sein Kreuz befühlt.

„Eh nicht schlecht für enk Staderer", hatte Gunther gelobt.

„Hören wir auf und trinken noch eine Halbe, dann samma bis zur Sportschau daheim.“ Gunther war immer noch der alte Fußballfan.

So saßen die vier also jetzt mitten in Esterls Waldteil auf einem der geschlagenen Baumstämme und prosteten sich müde, aber befriedigt mit dem Heigerbier zu. Keiner sprach etwas, während sie immer wieder einen tiefen Schluck nahmen. Max und Gunther machten sich noch eine zweite Halbe auf.

„Weil´s gar so guat schmeckt!“

Nachdem Max und er klirrend angestoßen hatten, spitzte Gunther die Ohren. Auch die anderen hörten es. Ein Auto fuhr die Forststraße entlang. Sehen konnten die vier nichts, da ihnen eine Partie Jungwuchs die Sicht versperrte, zum Aufstehen waren sie zu müde. Dann war nichts mehr zu hören. „Wird der Girgl sein“, vermutete Gunther. „Der hat weiter hinten seinen Waldteil, der wird nachg´schaut haben.“

Nach einigen Minuten, die vier hatten gerade ausgetrunken und wollten zur Forststraße gehen, hörten sie, wie ein Auto angelassen wurde und sich auf der Forststraße entfernte.

„Dass jetzt der Girgl net herg´schaut hat zu uns? Der kennt doch mein Bulldog. Der is doch sonst auch allweil so neugierig.“

Den Bulldog vom Gunther kannte vermutlich jeder im Dorf. Es war ein uralter Lanz, der himmelblau gestrichen war. Beim Traktoren-Oldie-Wettbewerb zur Auerer Kirwa, dem traditionellen Frauenauer Volksfest, gewann Gunther regelmäßig den zweiten Preis damit. Ebenso regelmäßig zockelte Gunther dann nachts, nach dem Genuss etlicher Mass Festbier durch den Wald auf den privaten Forststraßen die paar Kilometer heim nach Bärnzell.

Egal. Die vier Holzarbeiter prosteten sich ein letztes Mal zu und machten sich auf den Weg zur Forststraße. Für Toni, der auf dem Herweg noch im leeren Hänger gesessen hatte, war dort jetzt kein Platz mehr. Er würde auf den Beifahrersitzen des Lanz, die sich seitwärts oben auf den Kotflügeln der Hinterräder befanden, zusätzlich zu Max und Anna Platz nehmen müssen. Max rutschte zur Seite, um Platz zu machen, da hatte der Toni sich schon zur Anna hinaufgeschwungen, die ihm die Hand gereicht, ihn zu sich hochgezogen und den Arm um ihn gelegt hatte.

„Kruminale", brummte Max wieder einmal in seinen Bart hinein. „Sollte da…?"

Max kam aber nicht zum Nachdenken, denn jetzt hieß es, sich festzuhalten. Stoßdämpfer hatte so ein alter Lanz-Bulldog nicht, und die Fahrt durch den Bärnzeller Wald rüttelte die vier Freunde tüchtig durch. Max begann auch, im Fahrtwind zu frösteln. Bei der Arbeit hatte er doch ein wenig geschwitzt. Hoffentlich holte er sich hier keine Erkältung. Nicht jetzt, nachdem er den ganzen Winter über keine Probleme damit gehabt hatte.

Nach wenigen Minuten aber kam das Dorf Bärnzell schon in Sicht. Weit unten lag es da. Jetzt noch einen halben Kilometer den steilen Berg runter und rein ins

Dorf bis zu Gunthers Hof. Und dann ins Auto und heim. Und duschen. Und umziehen. Und Sportschau.

„Sappra, Sappra!“ Max wurde durch die aufgeregt klingenden Schimpfworte aus seinen Gedanken gerissen. Er sah, wie Gunther immer wieder auf das Bremspedal drückte. Keine Reaktion. Nichts. Noch einmal versuchte Gunther zu bremsen: Wieder nichts. Und nichts – und nichts – und nichts!

Auch Anna und Toni hatten mitbekommen, dass da etwas nicht stimmte und Max sah die in ihnen hochkommende Panik. Der Lanz nahm, geschoben von der Last des Anhängers, auf dem Steilstück immer mehr Fahrt auf. Noch war vielleicht Zeit und das Tempo nicht so rasend.

„Springts!“, schrie Max in den Fahrtwind zu Anna und Toni. „Springts!“, dazu machte er die entsprechenden Gesten. Erst schüttelten sie den Kopf und klammerten sich an ihren Sitz, dann, als die Fahrt aber immer rasanter wurde, kapierten die beiden und sprangen tatsächlich von dem inzwischen schon ziemlich schnell rasenden Fahrzeug. Max sah aus den Augenwinkeln, wie sich die beiden überschlugen und im Gebüsch neben der Straße landeten. „Hoffentlich…!“

Aber Max kam gar nicht mehr dazu, seinen Gedanken fortzusetzen. Er musste sich mit aller Kraft festhalten, um nicht abgeworfen zu werden. Gunther umklammerte krampfhaft den Lenker, das Gesicht vor Anstrengung und Anspannung verzerrt, während die Geschwindigkeit ihres Gefährts immer noch zunahm.

Am Ende der Gefällstrecke kam eine Linkskurve. Wenn sie die packten, dann konnten sie es vielleicht schaffen, denn dann lief die Straße sanft aus, schöpfte Max ein wenig Hoffnung. Wenn nicht, dann landeten sie mit dem Bulldog und acht Ster Holz im Genick im Wald.

Max spannte alle seine Muskeln. Wenn der Bulldog abheben würde, wollte er abspringen. Er saß zum Glück auf der linken Seite des Lenkers und das Gefährt musste, da es in eine Linkskurve ging, nach rechts ausbrechen. Vielleicht hatte er eine Chance. Obwohl er sich alle Knochen brechen würde. Und Gunther? Hatte der eine Chance?

Jetzt kam diese langgezogene Kurve. Der Anhänger schob, Gunther gab Gas, die Maschine zog. Der Anhänger schien von der Straße abzukommen, drohte die Zugmaschine vor ihm umzuwerfen. Gunther steuerte dagegen, mit aller Kraft hielt er den Lenker umklammert. Geäst und Zweige peitschten die rechte Seite des Bulldogs, so nahe waren die beiden Kamikazepiloten am Rand der Forststraße, aber:

Gunther und sein Lanz hielten der Last stand. Die Straße wurde flacher und breiter, das Tempo des Gespanns wurde etwas langsamer, sie querten – immer noch sausend - die kleine Brücke über das Tausendbachl, dann ging es etwa hundert Meter leicht bergauf, sodass ihre Geschwindigkeit sich rasch verlangsamte.

Gunther suchte eine flache Stelle, ließ ihr Gefährt ausrollen, sagte zu Max noch „hau an Keil eine“ und sackte dann auf dem Lenkrad zusammen. Als Max vom Bulldog sprang und den Keil unter eines der Räder schob, merkte er, dass seine Knie total zitterten und ihm schwindlig war. Er hielt sich schwer atmend mit der einen Hand am Hinterreifen des Traktors fest, während die andere Hand nach dem Freund suchte.

„Da hammas genau beinander g´habt", war der erste keuchende Kommentar vom Gunther, als er nach einer Weile wieder sprechen konnte. „Die Bremse, die Bremse hat versagt. Das gibt es gar nicht, den Bulldog haben wir vor vierzehn Tagen noch hergerichtet, die Bremse war in Ordnung."

„Das war ein Mordversuch, jetzt reicht´s. Kruminale! Alle vier hätten wir maustot sein können, alle vier! Jetzt reicht´s! Ich schwör´s dir, beim Heiligen Gunther schwör ich: Die krieg ich, die Haderlumpen, so wahr ich Max Esterl heiße."

Während Gunther immer noch wie festgeschnallt auf seinem Bock saß, machte sich Max, wie ein Automat, erst langsam, dann immer schneller laufend auf den Weg zurück, immer wieder „Anna" und einige Male dazwischen „Toni" rufend.

Als ihm Anna auf halber Strecke zwar hinkend und mit zerrissener Kleidung , aber doch offenbar unversehrt entgegenkam, war Max Esterl so erleichtert, dass er fast zu weinen begonnen hätte. Lange umarmte er seine heftig zitternde Ziehtochter, bis er fragte „W… was ist mit Toni?"

„Fuß verstaucht oder so. Platzwunde, aber er lebt noch", war die erstaunlich coole Antwort. Als die beiden nach oben sahen, kam ihnen auch der Tscheche entgegen, der seinen Fuß nachzog und sich die rechte Hand an den Kopf presste. Zwischen seinen Fingern quoll Blut hervor.

Es war schon eine seltsame Gruppe, die sich dann zu Fuß auf das Dorf Bärnzell zu bewegte und in den Hof von Gunther abbog.

Noch am selben Abend wurde Gunthers Bulldog auf Geheiß der Zwieseler Polizei in einer nahe gelegenen Autowerkstatt untersucht. Der Mechaniker stellte fest, dass eindeutig an den Bremsen so rumgeschraubt worden war, dass sie beim ersten heftigeren Bremsversuch versagen mussten.

Sonstige Spuren fand man natürlich keine, Ludwig Rindl, der Polizeichef, sagte gegenüber dem Reporter des Bayerwald-Boten, man stehe vor einem Rätsel.

Die halbe Nacht überlegte Max, wie er die Glatzen, an deren Täterschaft es für ihn keinen Zweifel gab, zur Strecke bringen konnte. Wie Max die Sache auch drehte, das war für ihn kein Streich mehr, um die Windradgegner irgendwie zu schrecken, ihnen das Grundstück zu vergällen oder den Gunther einzuschüchtern.

Das war ein Mordanschlag und nur der Geistesgegenwart und den Fahrkünsten seines Freundes war es zu verdanken, dass der gestrige Tag nicht in einer Katastrophe geendet hatte. Aber Max hatte nichts in der Hand. Noch hatte er nichts in der Hand.

Am nächsten Tag, dem Sonntag, hatte Max Esterl das Bedürfnis, in die Kirche zu gehen. Anna und Eva gingen mit. Toni Ašnbrenr schlief noch. Seit gestern

Abend schlief er schon, nicht einmal zum Frühstück war er gekommen.

Max hatte im Übrigen gestern nichts mehr gewundert. Auch nicht, dass Anna, nachdem Max dem Tschechen angeboten hatte, nach den Strapazen in Zwiesel zu bleiben und auf der Wohnzimmercouch zu schlafen, einfach Tonis Hand ergriffen und verkündet hatte: „Der schläft bei mir in der Wohnung."

Über diese Worte hatte Max die andere Hälfte der Nacht spekuliert. Immerhin, so ging es Max durch den Kopf, hatte Anna „schläft bei mir" gesagt und nicht „mit mir".

Der Widerstand formiert sich

Das missglückte Attentat auf Gunther und seine Freunde hatte im ganzen Zwieseler Winkel für Aufregung gesorgt und vor allem ungeheure Spekulationen entfacht. Insgesamt aber hatte sich die Anschauung durchgesetzt, dass der Anschlag eher als ein weiterer Einschüchterungsversuch denn als Mordversuch zu betrachten war. Gunther als eine der herausragenden Gestalten des Widerstands sollte zum Schweigen gebracht werden.

„Mafia-Methoden im Bayerischen Wald" titelte der Lokalreporter des Bayerwald-Boten, es gab einen Leserbriefkrieg zwischen den Anhängern der „Mundtot-" und der „Ganztot-Theorie", das halbe Dutzend professioneller Leserbriefschreiber in Zwiesel und Umgebung füllte die Seiten der Lokalausgabe.

Der Ingenieur Osterer sah sich auch gezwungen, Stellung zu beziehen und wies natürlich alle Schuld von sich und seinen Leuten. Der Stadt München war die Auseinandersetzung eine ganzseitige Anzeige wert, in der sie mitteilte, dass sie erstens mit dieser Sache nichts zu tun habe und zweitens aus dem Projekt schon längst ausgestiegen war. Dass die Stadt bei dem neuen, „privaten" Betreiberkonsortium noch eine satte Minderheitsbeteiligung hatte, verschwieg man verschämt.

Für die Windradgegner aber galt es, die Gunst der Stunde zu nutzen. Das Attentat hatte die Bevölkerung aufgebracht, da konnte man jetzt schon noch ordentlich ein paar Scheit nachlegen.

Das fanden auch die zehn Vertreter, vier Frauen und sechs Männer, der Windradgegner aus den betroffenen Anliegergemeinden, die sich an diesem Frühlingsabend im Gasthaus „Zur Mühle“ in Zimmerau getroffen hatten. Zimmerau, ein kleiner verschlafener Weiler, lag mitten im Windradgebiet, das Gasthaus war ein beliebtes Ausflugsziel. Dass auch die Wirtsleute gegen die Spargelstangen direkt in ihrer Nachbarschaft waren, verstand sich von selbst.

Zwei Bärnzeller saßen am großen Stammtisch in der Mitte des Lokals, zwei Frauenauer, zwei Rinchnacher, zwei Kirchdorfer und zwei Klingenbrunner.

Gunther war ihr Wortführer:

„Also, Manner“, begann der frühere Trainer, verbesserte sich aber sofort, als er einen Rempler unter dem Tisch erhielt. „Also Manner und Weiber.“ Auch damit war eine der Frauen offenbar nicht zufrieden, auf ihr heftiges Räuspern hin brachte Gunther schließlich ein „Meine Damen und Herren“ hervor, unterbrach sich aber selber mit den Worten „des is ma z'blöd“ und begann erneut mit den Worten, die er von seinen zahlreichen Ansprachen als Fußballtrainer gewohnt war:

„Also, Manner. Wir sind heute zusammengekommen, um uns die nächsten Schritte zu überlegen, die Taktik, wie wir weitermachen. Der feige Mordanschlag auf meine Freunde und mich hat die öffentliche Meinung total auf unsere Seite gebracht. Diese Stimmung müssen wir nutzen.“

Zustimmung.

„Wir müssen in die Offensive gehen, müssen zeigen, dass der weitaus größte Teil der Bevölkerung gegen die Windräder ist. Müssen Massen mobilisieren. Das ist es, was zählt."

„Massen? Wie soll das gehen? Wen außer den direkt Betroffenen interessiert schon der Protest gegen Windräder? Damit lockst du keinen hinter dem Ofen hervor."

Gunther grinste verschmitzt. „Das muss ganz anders funktionieren. Ich hab da eine Idee. Passt auf."

Die zehn Windradgegner steckten die Köpfe zusammen, während Gunther, der Fußballstratege, seinen Plan entwickelte.

„Wir dürfen nicht lang warten. In drei Wochen sind wir so weit", schwor der Trainer seine Mannschaft ein.

„In drei Wochen", antworteten die zehn Anwesenden einstimmig.

„Am Josefi."

Dem Storch geht's an den schwarzen Kragen

Eva war seit einer halben Stunde in der Schule, Max Esterl hatte die Zeitung beiseite gelegt und war gerade am Überlegen, ob er zuerst die Betten machen oder die Spülmaschine ausräumen sollte, da klingelte das Telefon.

„Du musst unbedingt mit mir in den Wald fahren." Gunther klang ganz aufgeregt. „Nein, nicht die Spülmaschine ausräumen, nicht heut Nachmittag erst fahren, jetzt sofort, gleich. Es ist etwas passiert, du wirst schon sehen. Zieh´ gute, wasserdichte Schuhe an, in fünf Minuten bin ich bei dir und nehm´ dich mit. Bis Mittag sind wir wieder daheim, locker. Ach, noch etwas: Du hast doch eine gute Kamera, nimm sie bitte mit."

Auch im Auto rückte Gunther noch nicht mit der Sprache heraus. Gunther fuhr nach Bärnzell, durchquerte das Dorf und nahm den für den öffentlichen Verkehr gesperrten Weg über Asberg Richtung Rinchnach, vulgo „Klouster", dann bog er links ab weiter über Zimmerau nach Kohlau, einer Einöde mitten im zukünftigen Windpark.

Auf die Fragen von Max nach dem Grund ihrer Fahrt antwortete Gunther jedes Mal mit Kopfschütteln und den Worten „wirst schon sehen".

In Kohlau steuerte Gunther einen Parkplatz an, der hauptsächlich den Langläufern und Wanderern diente. Hier erwartete sie ein älterer Mann, dessen lederapfelfaltiges Gesicht verriet, dass er sein Leben nicht in der Stube zugebracht hatte. Der gewaltige weiß-graue

Vollbart, der dieses Gesicht umrahmte, veranlasste seinen Freund Gunther zu der selbst für Max zunächst unverständlichen Frage, ob heuer wieder „Guntherspiele“ seien.

„Jeder Klousterer, der etwas auf sich hält, macht als Laienschauspieler bei dem Guntherspiel mit, einem historischen Schauspiel zu Ehren meines Namenspatrons, des Heiligen Gunther, der unseren Nordwald als Pionier besiedeln half“, so erklärte Gunther. „Und als Erstes lassen sich die Guntherspieler einen Bart wachsen, einen historischen, so wie der Mich hier, mein Freund.“

„Geht´s weiter“, sagte der Mich, der offensichtlich kein Freund vieler Worte war. „Gemma.“

„Eine Sprechrolle hast du aber nicht?“

„Naa, Komparse.“

Wortlos ging der Mich voraus. Eine Viertelstunde lang - Max wusste noch immer nicht, warum sie hier waren - marschierten sie einem Wanderweg nach, dann verließ der Mich diesen Weg und die drei gingen einige Zeit durch schönen, lichten Hochwald. Das Tempo, das der Mich angeschlagen hatte, war so flott, dass Max Esterl ins Schwitzen kam und die drei Tassen Bohnenkaffee, die er zum Frühstück getrunken hatte, ihm kräftiges Herzklopfen verursachten. Die zwei Alten um eine Pause zu bitten kam aber nicht in Frage. Da hatte Max seinen Stolz.

Also weiter. Sie querten ein Sumpfgebiet, offensichtlich das ausgedehnte Quellgebiet eines Baches. Jetzt wurde Max klar, warum der Gunther von wasserfestem

Schuhwerk gesprochen hatte. Ständig sanken die drei fast bis zu den Knöcheln hin ein und es wurde immer schwieriger, vorwärtszukommen.

Zum Glück erreichten sie nach etwa fünf Minuten wieder festeren Boden.

Einige Birken und Erlen säumten das Moor, etwas dahinter standen auch Buchen.

Eine dieser Buchen, ein mächtiges Exemplar, war umgesägt worden. Schief hing sie zwischen den Nachbarbäumen, die ihren Sturz aufgefangen hatten. Da waren keine Fachleute am Werk gewesen, sondern Zerstörer: Der Baum war einfach umgewuchtet worden, der Stamm war ganz unfachgemäß in einer Höhe von fast einem Meter abgesägt.

Der Mich war unter die Baumkrone gekrochen, die nur ein paar Zentimeter vom Boden entfernt hing und deutete den beiden Freunden an, ihm zu folgen. Mühsam bahnten sie sich den Weg durch die Äste mit den gerade austreibenden zartgrünen Blättern, bis sie fast im Inneren der Baumkrone angelangt waren. Mich bog ein paar Zweige zur Seite und deutete auf einen Verhau von dürren Zweigen mit einem Durchmesser von über einem Meter, der inmitten der stärksten Äste hing.

„Da, schaut´s!“

Mehr sagte er nicht und mehr brauchte er nicht zu sagen, denn die beiden Freunde hatten sehr schnell erkannt, was hier los war. „Kruminale“, entfuhr es Max.

Ein riesiges Nest war das, was da im Baum hing, fast auf den Kopf gestellt lag es jetzt da. Außen war es, wie Max sah, ganz weiß von den Exkrementen der

Bewohner, innen war es natürlich leer: Der Inhalt des Nestes lag vor den drei Männern auf dem Boden, die Federn waren zerzaust, Kopf und Hals waren schon angenagt von irgendwelchen Aasfressern, kein schöner Anblick, den die zwei Jungvögel boten. Der Tod hatte sie geholt, kaum dass sie aus dem Ei geschlüpft waren.

„Ist das, sind das…?", hob Max an. „Schwarzstörche", ergänzte Mich und man sah ihm an, dass er sehr erschüttert war von dem Fund. In seinen braunen Augen stand das Wasser, seine Stimme war heiser. „Sie sind seit Jahren hier hinten. Scheue Vögel. Bekommt man ganz selten zu Gesicht. Nur ihre Rufe höre ich öfters, wenn ich im Wald arbeite. Wer macht sowas, ha? So eine Sauerei ist mir mein Lebtag noch nicht untergekommen. Warum?" Mich schaute seinen Freund Gunther an. Beide nickten sich zu und sagten fast gleichzeitig: „Du denkst auch dasselbe wie ich: Die Windparkleute."

„Was sollen denn die damit bezwecken?", fragte Max einigermaßen naiv. „Ja weißt du denn nicht", übernahm Gunther die Aufklärung, „wo so seltene Tiere wie der Schwarzstorch brüten, dürfen keine Windräder gebaut werden. Der Naturschutz wäre strikt dagegen. Der Mich und ich haben gewusst, dass die Störche hier ihr Nest haben, aber wir haben das nicht an die große Glocke gehängt, um das zu vermeiden, was jetzt passiert ist. Die Schwarzstörche wären der Trumpf gewesen, den wir zuletzt ausgespielt hätten. Wie beim Watten, du weißt schon, Max, ausgschafft is. Und dann zauberst du den Max (höchste Karte beim Watten) heraus. Ende. Aus, Äpfe, Amen!"

„Und jetzt hams euch beschissen und den Max hams zerrissen", konstatierte der Ex-Kriminaler und löste damit bei Gunther eine Fluchsalve aus, wie sie der Wald unterm Wagensonnriegel vermutlich noch nicht gehört hatte.

„Photographier´s wenigstens, Max, als Beweis für die Zeitung und für die Naturschutzbehörde beim Landratsamt, die Polizei werd´ ich natürlich auch benachrichtigen. Aber das wird garantiert wieder nichts bringen. Die haben den nicht gefunden, der vor zwei Jahren bei Bodenmais einen Luchs gewildert hat, die haben die nicht gefunden, die die Wölfe abgeknallt haben und wenn nächstens einmal ein Bär oder gar ein Elefant geschossen wird, finden sie auch niemanden, genauso wenig wie sie die finden, die die Borkenkäfer aussetzen."

Trotzdem photographierte Max die toten Schwarzstorchbabies, das umgestürzte Nest und schließlich die ganze Szenerie mit der gefällten Buche.

Auf ihrem Rückweg sprachen die drei Männer kein Wort.

***

So schlimm, wie Gunther vermutet hatte, stand die Sache allerdings für die Windparkgegner nicht. Die Stimmung der Bevölkerung begann sich gegen die Windräder zu wenden. Der gut bebilderte („Fotos: Max Esterl") Artikel, der am nächsten Morgen im Bayerwald-Boten stand, wurde durch einen klugen

Kommentar des Lokalredakteurs ergänzt, in dem er Max Esterls alten Freund zu Wort kommen ließ:

„Ludwig Rindl, der Zwieseler Polizeichef, der selber ein passionierter Jäger, Vogelfreund und Naturschützer ist, bezweifelt, dass je aufgeklärt wird, wer das Storchennest am Wagensonnriegel zerstört hat. Der Schaden ist ohnehin nicht mehr zu reparieren. Die Brut dieses Schwarzstorchpaares fällt für dieses Jahr aus."

Dabei hat die Tat nicht einmal ihren Zweck erfüllt, wenn der darin bestanden haben sollte, die Störche aus der Gegend zu vertreiben. „Störche sind nicht nur nesttreu, sie sind auch brutplatztreu", sagt Rindl. „Die bauen sich jetzt wahrscheinlich ein neues Nest in der Nähe."[1]

1 Diese Passage habe ich fast wörtlich übernommen aus einem Bericht der SZ vom 14.03.15 „Stiftung Starennest. Wer hat den Adlerhorst zerstört?"

Tag des Sieges

Es hatte sich herausgestellt, dass Toni Ašnbrenrs Übernachtung bei den Esterls nach dem Mordanschlag keine Eintagsfliege, besser gesagt keine Einnachtsfliege war. Max gewöhnte sich rasch daran, dass Anna und Toni die meisten Wochenenden zusammensteckten, manchmal besuchte der Toni die Anna in Passau, häufig aber kam er über´s Wochenende nach Zwiesel.

Anna hatte, als ihre Tante sich mit ihr ein wenig über den Toni unterhalten hatte, von „Freundschaft" gesprochen, „nicht mehr. Was ihr immer gleich denkt", hatte sie hinzugefügt und heftig ihren Kopf geschüttelt.

Eva fand diese Entwicklung ganz gut und sie hätte auch nichts dagegen gehabt, wenn mehr daraus geworden wäre.

Freilich war der Toni um einiges älter als Anna. Aber er war schwer in Ordnung und so groß war der Unterschied dann auch wieder nicht. „Fünf Jahre mehr als bei uns", behauptete Eva. Als Max im Stillen zusammenrechnete, musste er ihr recht geben: Dreizehn minus fünf ergab acht.

***

Diesmal war Toni schon am Donnerstag nach Bayern gekommen. Es war der 7. Mai, der Vorabend eines tschechischen Feiertags.

„Tag des Sieges heißt unser Nationalfeiertag jetzt. Friher war es der Tag der Befreiung. Befreiung hat mir bessr gefallen. Sieg is nicht so schen. Im Fußball ja. Sieg ist ibr jemand, Befreiung ist von jemand."

Eva fand diesen Satz bemerkenswert. Toni, ein böhmischer Weisheitslehrer! Sie hatten bis kurz vor Mitternacht zusammengesessen, das heißt, Eva nicht, denn die hatte am Freitag sechs Stunden Unterricht und war deshalb schon früher zu Bett gegangen. Auch Anna und Toni wollten nicht zu spät schlafen gehen. Für den morgigen Tag hatten sie eine Radtour über Bodenmais und Viechtach nach Kötzting geplant. Die Hochlagen kamen für so eine Unternehmung noch nicht in Frage. Oberhalb tausend Metern lagen so viele Schneereste herum, dass man mit dem Rad kaum durchkam.

Toni erzählte den beiden Freunden, dass sich die Medien in seinem Heimatland seit den letzten Spaxereien wieder einigermaßen beruhigt hatten. „Hoffentlich hat dieser Spuk ein Ende", meinte Max.

Noch im Bett dachte er daran. Vielleicht hatten ja die drei Glatzen den Zugriff der tschechischen Polizei damals in Schnepfenstrich richtig verstanden:

„Wir wissen, dass Ihr die Täter seid und wir werden Euch erwischen. Irgendwann seid Ihr fällig." So schlief Max ruhig ein.

Wenn er gewusst hätte, was in dieser Nacht geschah, hätte er bestimmt kein Auge zugemacht.

***

Drei schwarzgekleidete Männer machten sich, etwa zwei Stunden vor Sonnenaufgang, an der Zugangstüre zum Aussichtsturm am Polednik zu schaffen. Es war eiskalt in dieser Höhenlage über 1300 Meter. Zum Glück für die Männer hatte sich der Wind seit der dreiviertel Stunde, die sie jetzt schon durch den Wald unterwegs waren, fast vollkommen gelegt. Bei zu stürmischem Wind wäre das, was sie vorhatten, kaum möglich gewesen.

Lange leistete die Tür nicht Widerstand, man konnte merken, dass die drei Gestalten, die schnell im Inneren des Turmes verschwanden, Übung in solcherlei Dingen hatten. Wortlos erklommen zwei von den dreien die steile Wendeltreppe, die nach oben führte, der dritte kam nach wenigen Sekunden wieder ins Freie, ein kleines Fläschchen Schnaps in seiner linken Hand.

Der Zugang zur Plattform hinaus war nicht versperrt, die zwei öffneten die Tür, die nach draußen führte und schreckten zuerst zurück, so kalt und ungemütlich war es hier in luftiger Höhe. Dann aber machten sich die dunklen Gestalten ans Werk. Sie entrollten ein riesiges Banner und ließen es nach unten fallen, wo der dritte von ihnen sich inzwischen postiert hatte. Dieser fing geschickt eine der langen Plastikleinen, mit denen das Stoffbanner gesäumt war und zurrte sie unten an einer der hölzernen Bodenplanken, die als Terrasse dienten, fest. Damit war das Banner schon einigermaßen fixiert.

„Kommen", rief der Mann am Boden seinen zwei Kumpels auf dem Turm zu, die das Banner inzwischen auch oben, an der Plattform gut festgebunden hatten. Es dauerte keine fünf Minuten, bis alle drei vor dem Aussichtsturm standen und ihr Werk von unten aus begutachteten. Offensichtlich waren sie mit dem Ergebnis zufrieden.

„Haumarab“, gab ihr Anführer den Befehl zum Rückzug und die drei stiefelten im Gänsemarsch durch den Schnee schweigend dorthin zurück, woher sie gekommen waren: Über die nahe gelegene Grenze nach Bayern.

***

An diesem Freitagmorgen bereitete der Ex-Kommissar wie immer das Frühstück für Eva und sich vor. Es war kurz vor halb Sieben, in einer Viertelstunde würde er Eva wecken, der Kaffee von der Zwieseler Rösterei am Stadtplatz duftete schon unwiderstehlich. Einen aus Äthiopien hatte Max sich diesmal zur Abwechslung geleistet. Nicaragua, Guatemala, Indien, Australien, die ganze Welt hatte Max auf diese Weise schon bei sich zu Gast gehabt. Die Lokalseiten des Bayerwald-Boten aufschlagen, den Kaffee genießen und nebenbei die Halbsiebennachrichten des Bayerischen Rundfunks hören. Diese Viertelstunde gehörte Max ganz alleine und diese Viertelstunde genoss er auch.

Als Max allerdings die Topnachricht hörte, verschüttete er fast seine Tasse „Äthiopienglück“:

„Wie wir soeben erfahren, haben die Neonazis, die im tschechischen Grenzgebiet durch ihre Schilderaktionen seit Monaten für Aufregung sorgen, schon wieder zugeschlagen.“

„Kruminale!“

Max drehte den Ton lauter.

„In der Nacht zum heutigen Nationalfeiertag unseres Nachbarlandes Tschechien, dem Tag des Sieges, haben unbekannte Täter am Aussichtsturm des tschechischen Polednik, auf Deutsch „Mittagsberg", ein riesiges Spruchbanner befestigt und entrollt auf dem stand: „Der deutsche Mittagsberg grüßt den Arber". Das Banner war in den frühen Morgenstunden bis weit nach Bayern hinein zu sehen. Die Spuren der Täter führen nach Deutschland.

Die Nachrichtenredaktion des Ostbayernjournals meldet sich wieder, sobald es weitere Informationen gibt."

Kaum hatte Eva sich an den Frühstückstisch gesetzt, da überfiel Max sie auch schon mit der Neuigkeit:

„Hast gehört, was sie sich heute Nacht wieder erlaubt haben, die Spaxer?"

„Wie denn, du hast mich doch grad eben erst geweckt?" Max ging gar nicht auf den Einwand seiner Frau ein.

„Die haben ein Spruchbanner am Polednik befestigt, den Berg kennst du doch." Eva und Max waren tatsächlich im vorigen Sommer auf dem Mittagsberg gewesen, hatten den Turm erstiegen und die grandiose Aussicht von dort oben genossen. Sie waren beeindruckt gewesen von dem Museum im Inneren des 37 Meter hohen Turmes, der im Kalten Krieg eine Abhörstation mit dem James-Bond-verdächtigen Tarnnamen „Topas" beherbergte. Nach der samtenen Revolution war der Turm zur touristischen Attraktion umgebaut worden.

„Und in der heutigen Nacht hat der Kalte Krieg auf diesem Turm wieder fröhliche Urständ gefeiert." Max war immer noch einigermaßen schockiert. Dennoch funktionierte sein kriminalistischer Verstand so gut, dass er in seinen Bart murmelte: „Von der deutschen Seite her. Darum waren sie nicht im Puff. Irmi hätte das sonst gemeldet."

Eva war kurze Zeit später zur Schule gegangen, die beiden Jungen waren noch nicht wach und Max verräumte gerade das Frühstücksgeschirr in die Spülmaschine, als das Telefon klingelte.

Wer mochte das sein, zu dieser doch immer noch recht frühen Stunde?

Zu Esterls Überraschung meldete sich der Inhaber eines Eisensteiner Sportgeschäfts, bei dem Max voriges Jahr seine Skiausrüstung, seine Wanderschuhe und auch sonst noch einiges gekauft hatte.

„Max."

„Ja."

„Du hast doch mit diesen Spaxern zu tun, stimmt das?"

„Nicht direkt, ich bin ja nicht mehr im Dienst."

„Ich weiß, aber gerade deshalb ruf ich dich an. Wenn ich die Polizei anrufe, dann gibt das ein stundenlanges Gespräch mit Protokoll, soviel Zeit hab ich nicht, ich muss ins Geschäft. Und da hab ich an dich gedacht. Ich hab nämlich heute früh etwas beobachtet, als ich mit meinem Hund zum Sonnenaufgang auf dem Arber war, kurz vor sechs."

Max wusste, dass der Eisensteiner sehr viel mit seinem Hund unterwegs war, aber was sollte er da beobachtet haben?

„Erzähl mal“, sagte Max mehr aus Höflichkeit. Was er allerdings dann hörte, war schon höchst interessant.

„Also ich steig da rauf, wie ich es oft mache in der Früh, vor Sonnenaufgang und geh nicht auf den Gipfel, sondern auf den Seeriegel, einen der Nebengipfel, du weißt schon, Max, oberhalb der Arberkapelle, dort wo es dann runtergeht zum Großen Arbersee. Von da sieht man die Sonnenaufgänge am allerschönsten, musst mal mit mir gehen.“

„Ja, und was hast du dort gesehen?“, unterbrach Max ungeduldig. „Du willst mir doch nicht vom Sonnenaufgang erzählen.“

„Ich hab mir ja nichts dabei gedacht, als ganz oben auf dem Seeriegel ein Mann saß, der mit einer tollen Kamera, mit Stativ und mit Rieseneumeln von Teleobjektiven ausgerüstet war und der alles Richtung Osten ausgerichtet hatte und knipste und knipste wie ein Weltmeister. Ich denk, der ist Profi und photographiert den Sonnenaufgang für irgendein Hochglanz-Naturmagazin. Aber als ich genauer hingeschaut habe, ich interessiere mich ja auch ein wenig für Photographie und wollte sehen, was er da so hat, da hab ich gemerkt, dass seine Kamera zwar nach Osten, aber nicht auf die Sonne hin ausgerichtet war, überhaupt nicht. Da hab ich mir noch nichts gedacht, wollte ihn nur in ein kleines Gespräch verwickeln. Fachsimpeln halt. Aber der hat mich vielleicht abblitzen lassen. Ich bin gleich wieder gegangen, weißt, den Tag wollte ich mir nicht verderben lassen durch so einen Idioten. Aber dann hab ich beim Frühstück eben die Nachrichten gehört und da ist mir plötzlich klar geworden, was der Mann da oben gemacht hat. Der hat zum Mittagsberg hin photographiert, nur zum Mittagsberg. Ich hab natürlich mit bloßem Auge nichts von einem Spruchband gesehen oder von was sie in den Nachrichten gesprochen haben, aber der mit seinem Monstertele, der hatte nur den Polednik im Visier, da lass ich mir den Kopf abschneiden, wenn das nicht stimmt."

„Und wie hat er ausgesehen, der Photograph?"

Die Beschreibung des Eisensteiners passte. Sie passte genau auf den Ingenieur Osterer. Max Esterl brummte ein „Kruminale" in seinen Bart und bedankte sich vielmals bei dem Sportartikelhändler.

„Brauchst dich nicht zu bedanken, Max. Auch ich als Eisensteiner und als Geschäftsmann hab ein Interesse daran, dass unsere Kontakte nach drüben gut bleiben. Ein Drittel unserer Kunden sind mittlerweile Tschechen, am Arber oben schaut´s genau so aus. In Bayerisch Eisenstein wollen wir einen deutsch-tschechischen Kindergarten und in Böhmisch Eisenstein eine bilinguale tschechisch-deutsche Schule errichten. Beim Skiclub und beim Tennisclub haben wir die Zusammenarbeit schon verwirklicht. Die Tschechen, so hab ich festgestellt, sind fast noch größere Vereinsmeier als wir Deutschen. Da rührt sich was. Und das wollen wir uns durch solche Ewiggestrigen nicht zerstören lassen."

Nochmals brummte Max ein „Kruminale. Recht hast."

„Übrigens, Max, des kannst auch deiner Frau sag´n, eine wunderschöne Frühjahrskollektion an

Wandersachen hamma gestern erst hereinbekommen, schaut´s doch einmal vorbei. Superchic und funktional."

„Auf alle Fälle", beendete Max das Gespräch und dachte mit Schaudern an die letzte Rechnung beim Skikauf.

„Sie haben halt so schöne Sachen", hätte Eva jetzt gesagt.

Und der Besitzer des Sportgeschäfts dachte mit. Max war zufrieden. Die Lage wurde durchsichtiger. Der Osterer wusste also von den Aktionen seiner drei Kreaturen. Stand er vielleicht sogar dahinter? Max hatte schon von Anfang an Zweifel daran gehabt, dass die Glatzen so viel Kreativität und politisches Wissen hatten, wie für solche Unternehmungen nötig war. Und Max erinnerte sich noch daran, wie der Ingenieur damals, bei seinem Windkraftvortrag über die Tschechen gewettert hatte.

„Der deutsche Mittagsberg grüßt den Arber". Und das am tschechischen „Tag des Sieges". Max war sich jetzt sicher: Die Glatzen waren nur die Ausführenden. Ihr Auftraggeber hieß Osterer. Welches Motiv der Ingenieur wohl hatte?

Und wie konnte man die Glatzen und ihren Hintermann überführen?

Leicht würde das nicht werden, da war Max sich sicher.

Woodstock am Josefi

An diesem Sonntag, es war der 16. Mai, der Tag des Heiligen Johannes Nepomuk, der Tag des böhmischen Brückenheiligen, dessen Denkmal in Zwiesel sonderbarerweise nicht auf einer der vielen Brücken stand, die den Großen und den Kleinen Regenfluss überquerten, sondern mitten am Stadtplatz, an diesem Tag hatte der „Verein der Windkraftgegner im Bayerischen Wald e. V." seine große Veranstaltung angesetzt.

In Ermangelung eines entsprechend geräumigen Saals, weder die Stadt Zwiesel noch die Gemeinde Rinchnach hatten eine Veranstaltungshalle dieser Größe und das Glasmuseum in Frauenau war, seit es zum Staatsmuseum avanciert war, zu elitär für derlei Volksunterhaltung geworden, in Ermangelung einer Veranstaltungshalle hatten die Windkraftgegner einen Platz ausgewählt, wie er für diesen Zweck idealer nicht sein hatte können: Die Lichtung am Josefi.

Dieser Platz mit seiner kleinen Kapelle hatte für Max Esterl, seit er ihn das erste Mal gesehen hatte, ein besonderes Flair. Wenn er an den ganzen esoterischen Schmarrn geglaubt hätte, dann hätte er ihn wohl als einen natürlichen Kraftort bezeichnet.

Er lag an der Achse der Gemeinden Frauenau, Rinchnach und Zwiesel mitten im Wald. Er war Knoten- und Treffpunkt mehrerer Wege und kleiner Straßen und auf ihm fand, einmal im Jahr, an Fronleichnam ein besonderes Fest statt, ein Fest, das die Einwohner der drei Nachbargemeinden zusammenführte, ein Fest mitten im Wald. Max war sogar überzeugt, dass diesem

Fest, wenn man es vermarkten hätte wollen, magische Kräfte zugesprochen worden wären. Für ihn, den Pensionisten, war das Fest allerdings nur eins: Schön.

Auf dieser Lichtung also sollte die große Demonstration gegen die Windräder abgehalten werden.

Die zwei Esterls waren gleich nach dem Mittagessen zusammen mit Anna und Toni mit dem Auto nach Griesbach, einem kleinen Bauerndorf zwischen Zwiesel und Frauenau, gefahren, hatten etwas oberhalb der Ortschaft geparkt und hatten sich zu Fuß auf den Weg zum Josefi gemacht. Es war ein wunderschöner Frühsommertag, die Eisheiligen hatten sich kaum gezeigt und es war schnell, ganz schnell warm geworden. Das Wetter also war wie geschaffen für dieses Fest.

Der Weg, den die vier gingen, verlief zunächst leicht bergauf durch Wiesen, die jetzt im satten Grün standen und voller Blumen waren.

Max schaute sich immer wieder nach hinten um. Nicht das Arbermassiv, das sich in ihrem Rücken über dem Zwieseler Talkessel emporschwang und das vom noch schneebedeckten Arbergipfel gekrönt wurde, hatte Max Esterl im Blick, sondern die Menschen, die, einzeln oder in Gruppen den gleichen Weg gingen oder fuhren wie die Esterls.

Die einen hatten Spruchbänder gegen die Windräder ausgebreitet, andere waren als Waldgeister maskiert, eine Gruppe machte Musik. Besonders auffällig waren die Griesbacher „Wolfauslasser“, Mitglieder einer Brauchtumsgruppe, die mit riesigen Kuhglocken, „Schöllen“, behängt waren und damit einen höllischen, rhythmischen Lärm machten. Begleitet wurden die etwa 20 Wolfauslasser von vier kräftigen, mit langen Geißeln, den „Droscherern" bewaffneten Burschen. Alle zwei- bis dreihundert Meter stellte sich das Quartett am Wegrand auf, ließ die etwa zweieinhalb Meter langen Peitschenschnüre kreisen und riss diese dann mit einer ruckartigen Bewegung von Schulter, Arm und ganzem Körper so blitzschnell herum, dass es zu explosionsartigen Knallentladungen kam. Dabei blieben die Vier genau im Takt, sie gaben ganze Knallsalven ab, minutenlang, bis sie ermüdeten und einer nach dem anderen abbrach. Die Berge und der Wald, der sie mittlerweile umgab, verwandelten die scharfen Salven in ein hundertfaches Echo.

Die Begleiter von Max waren zunächst ob der Knallerei zusammengezuckt, dann aber sahen und hörten sie mit wachsender Begeisterung zu. So etwas Kraftvoll-Urwüchsiges hatten die drei in ihrem Leben noch nicht mitgemacht.

Max dagegen fühlte sich in seine Jugendzeit, in die Herbstwochen vor Martini zurückversetzt. Auch er hatte als Kind tagelang mit dem Droscherer geübt und war froh gewesen, ihm einige Schnalzer entlocken zu können. Noch öfter allerdings, so erinnerte sich der Waldler, hatte er sich den Hanf, der am Ende der sich verjüngenden Peitschenschnur befestigt war, selber schmerzhaft um die Ohren gehauen.

Früher hat man mit dem Lärm die Wölfe vertrieben, dachte Max, heute kämpfte man damit gegen Windräder.

Am Taferlbaum, der Stelle, an der sich der Griesbacher mit dem Bärnzeller Weg vereinigte, wurde den vieren klar, dass die Anti-Windrad-Demo am Josefi ein Erfolg werden würde. Dutzende von Menschen kamen ihnen von rechts her entgegen und schlossen sich ihnen an, fast alle mit Spruchbändern oder Plakaten bewaffnet, zwei Pferdegespanne zogen mit Gehbehinderten oder Älteren vollbesetzte Ladewägen, der Bärnzeller Schützenverein kam mit einer ganzen Schützenkompanie in Tracht, Radfahrer suchten sich ihren Weg zwischen den Fußgruppen. Alle waren sie unterwegs zum Josefi. Alle wollten sie gegen die Windräder demonstrieren.

Nicht alle. Am Wegrand zwischen zwei Fichtenbäumchen sah Max eine der Glatzen, die filmte. Der Mann wollte offenbar dokumentieren, wer aller zu der Demonstration ging.

Drei Wege trafen sich am Josefi: der von Frauenau und Klingenbrunn, der von Rinchnach und der von Bärnzell und Griesbach her. Drei Wege, drei Glatzen.

Diese Glatze hier, wie immer schwarzgekleidet, wollte sich nicht verstecken, das sah Max sofort. Der, es war ihr Anführer, wollte auch demonstrieren. Macht wollte er demonstrieren, einschüchtern wollte er. „Ich filme euch“, wollte er sagen „und dann knöpfen wir uns jeden Einzelnen von euch vor. Jeden.“

Max fühlte sich durch die Filmerei an Wackersdorf erinnert, an die Auseinandersetzungen dort wegen der Wiederaufbereitungsanlage für die Atomindustrie vor fast drei Jahrzehnten. Damals war er auf der anderen

Seite gestanden, dienstlich, obwohl er persönlich für die Sache der Demonstranten gewesen war.

Zum Glück nahmen die meisten der Besucher am Josefi keine Notiz von der Filmerei, viele wussten wohl auch nicht, wer die drei Kameraden waren, die da hinter ihren Kameras standen.

Einige Schritte noch, dann sahen die drei Esterls und Toni auf die Lichtung um die Josefikapelle hinunter. Das Bild, das sich ihnen bot, war einmalig:

Das ganze Areal um die Kapelle war bereits jetzt voll mit Menschen. Menschen, die Spruchbänder mit sich führten, Menschen, die Sprechchöre skandierten, Menschen, die sangen und tanzten, insgesamt mochten es, etwa eine halbe Stunde vor dem vereinbarten Beginn der Demo, schon weit über tausend sein.

Die vier suchten sich einen schattigen Platz am Waldrand, von dem aus man eine gute Übersicht hatte, die Plätze an den in der Mitte des Areals aufgestellten Biertischen waren schon so überfüllt, dass einige der Bänke zusammenzukrachen drohten. Max hätte gerne an einer der drei Schänken, die an den Zugangswegen standen, Bier für sich und die seinen geholt, der Andrang dort aber war so groß, dass er beschloss, noch zu warten, bis die Schlangen kürzer wurden.

Der Stangl-Bräu aus Klingenbrunn, die Hutthurmer Brauerei, die eine Niederlassung in Buchenau hatte, und die Zwieseler Pfefferbrauerei hatten sich die Bewirtung geteilt, alles Braustätten, mit deren Produkten sich der Max sehr gut verstand.

Während Max Esterl noch überlegte, welchen Ausschank er, wenn sich der Andrang gelegt hatte, als ersten ansteuern sollte, bemerkte er auf der anderen Seite, am Waldrand, dort wo die höchste Stelle und damit die beste Sicht war, einen Tumult.

Die drei Glatzen rangelten mit einigen Demonstranten. Offenbar hatten sie den guten Platz für ihre Filmerei beansprucht und die Leute vertreiben wollen, die schon länger dort standen oder saßen. Einige der Demonstranten wehrten sich dagegen und im Nu war eine Rangelei im Gange. Sofort waren aber mehrere Ordner herbeigeeilt, die den Konflikt schnell erstickten. „Gut “, dachte Max. So hatte er das vorher seinem Freund Gunther, dem Hauptorganisator angeraten.

„Keine Angriffsflächen bieten, sich nicht provozieren lassen, die Demo cool durchziehen und dadurch Öffentlichkeitswirkung erzielen. Wir sind keine Chaoten. Wir sind die Guten!“ Zum Glück war das kleine Kamerateam von „Donau-TV“, dem Regionalsender an einer anderen Stelle gewesen und hatte das Ganze gar nicht mitbekommen.

Die Aufmerksamkeit von Max wurde aber jetzt von einer ganz anderen, viel wichtigeren Aktion in Anspruch genommen. Ein mobiler Bierverkäufer zog ein Leiterwagl durch die Reihen der Demonstranten, so wie es einst der „Wurst-Kare“ gemacht hatte, ein Zwieseler Original, an das sich Max noch gerne erinnerte.

Max hatte Glück. Die vier Flaschen Bier, die er bekam, waren die letzten auf dem Leiterwagen gewesen. Er hatte gleich doppeltes Glück. Eva wollte ein Mineralwasser, so dass ihr Gatte sogar ein Bier bunkern konnte. Zufrieden lehnte sich Max an eine Fichte. Jetzt konnte die Veranstaltung beginnen.

Auf dem provisorischen Podium nahe der Kapelle, das man aus frischgeschlagenen Fichtenstämmchen und ungehobelten Brettern errichtet und mit Reisig geschmückt hatte, begann jetzt, eine Viertelstunde vor dem in der Zeitung und den Regionalsendern angekündigten Beginn der Kundgebung, eine Musikgruppe zu spielen, die sich zunächst schwer gegen den allgemeinen Trubel durchsetzen konnte. Je länger die Musiker von Äff-tam-tam aber spielten, desto mehr Menschen lauschten ihnen, bewegten sich nach der Musik, begannen, je nach Temperament, zu tanzen oder zu schunkeln.

Vier oder fünf Stücke hatten die Äff-tam-tamler gespielt, die Stimmung der Besucher am Josefi war gelöst, locker, da kündigte ein Tusch der Kapelle an, dass nun die eigentliche Veranstaltung beginnen würde.

Mit dem Tusch begann das „Blaskapellenwoodstock". Aus der Frauenauer Richtung marschierte die Auerer Blaskapelle in ihren Trachten zu den Klängen des „Erzherzog Albrecht Marsches", gefolgt von einer Anzahl von Demonstranten, die alle Spruchbänder trugen.

„Gegen Waldzerstörung" konnte man da lesen oder etwas mehr durch die lokale Brille gesehen „Oberhalb der Häng – wollma koane Windral sehgn".

Die ankommenden Demonstranten wurden mit frenetischem Beifall Willkommen geheißen. Gunther, der das Podium erklommen hatte und ein Mikrophon in der Hand hielt, begrüßte die „Auerer“, die daraufhin Halt machten und auf dem Zufahrtsweg stehen blieben.

Dann lenkte er die Blicke der Versammelten in die andere Richtung, wo unter den Klängen ihrer Dorfblaskapelle die Klingenbrunner herabmarschierten, gefolgt von einer großen Delegation aus Rinchnach, dem Klosterort, von dem aus der Heilige Gunther die ganze Gegend gerodet hatte. Der Klousterer Guntherbund war mit seiner Fahne vertreten, die Klousterer Wolfauslasser machten sich mit zahlreichen, riesigen Glocken akustisch bemerkbar, unter den Spruchbändern, die die Rinchnacher mit sich führten, fiel Max Esterl eines besonders auf. „Klouster braucht koa Windral net, weil bei uns der Wind net geht“, hieß es da. Tatsächlich, so hatte sich Max von Gunther informieren lassen, war die Windsituation in dieser Ecke noch völlig ungeklärt.

„Net der Wind, des himmlisch Kind, sondern d'Sunn – wärmt Klingenbrunn“, stand auf einem der Banner, die die Vertreter des am südöstlichen Rand des Windradgebietes gelegenen Dorfes Klingenbrunn mitführten. Gunther begrüßte auch die „Blassein“, wie die Klingenbrunner liebevoll-spöttisch genannt wurden und deutete dann mit seinem Arm in die entgegengesetzte Richtung, aus der die Bärnzeller, angeführt von der Zwieseler Bayerwaldkapelle heranzogen. Die Dorffeuerwehr war mit Fahne, Kranzljungfrauen und uniformiert in Kompaniestärke angetreten, der Bauernverein fuhr gar mit einer geschmückten Pferdekutsche mit, das Bild, das sich den Zuschauern bot, wurde immer bunter. Ihr Ziel, durch gute Werbung auf sich aufmerksam zu machen, hatten die Windradgegner ganz bestimmt erreicht. Max freute sich für seinen Freund Gunther.

Als auch die Bärnzeller zum Stehen gekommen waren und ihren verdienten Beifall erhalten hatten, hob Gunther beide Arme und gebot Schweigen.

„Mir samma heute hier zusammengekommen, am Josefi, um zu zeigen, dass uns unsere Heimat am Herzen liegt, dass wir sie nicht verkaufen werden, um kein Geld der Welt. Drum wollen wir, jetzt zu Beginn unserer Kundgebung, zeigen, dass wir zusammengehören. Drum singen wir jetzt gemeinsam das Lied, das uns alle eint, die Hymne des Bayerischen Waldes:

„Mia san vom Woid dahoam, des kennt a jeda glei".

Mit dem Wort Hymne hatte der Gunther, wie Max fand, etwas dick aufgetragen, aber so falsch lag er dennoch nicht damit. Max konnte sich noch gut an die Zeiten erinnern, als beim Starkbierfest auf dem Münchener Nockherberg die Blaskapelle jeden Abend das Waldlerlied des Ferdinand Neumaier aufgespielt hatte und daraufhin alle Bayerwaldler, und das war jeweils eine stattliche Anzahl, aufgesprungen waren und, teils unter Tränen, mitgesungen hatten.

Die Hymne zeigte auf alle Fälle Wirkung. Die am Josefi Versammelten nahmen sich an den Händen, hängten sich bei den Nachbarn ein, manche bildeten Kreise, indem sie ihre Hände auf die Schultern der jeweiligen Nachbarn legten und alle, alle sangen: „Wanns von den Bergen hallt, dann samma mir dabei…“.

„Gänsehautfeeling“, stellte Anna jugendlich-flapsig fest. Max nickte zustimmend, während er, für seine Verhältnisse ziemlich inbrünstig weitersang. „…mia san vom Woid dahoam, der Woid is schee.“

Nach der Hymne ergriff Gunther wieder das Wort. Er war den meisten Zuhörern noch bekannt aus seiner Zeit als Fußballspieler und -trainer und genoss deshalb eine große Popularität. Die Leute klatschten und begannen „Gunther, Gunther“ zu skandieren, bis der Trainer mit einer Bewegung beider Hände abermals Stille gebot.

„Liebe Freunde“, hob der Redner an, um gleich noch ein „liebe Windkraftgegner“ anzuschließen. Und dann zog Gunther nach allen Regeln der Vortragskunst vom Leder. Er fesselte die Zuhörer, brachte immer wieder Fakten, um seine Aussagen zu belegen und sprach so bilderreich, dass selbst Eva, die Deutschlehrerin, sehr beeindruckt schien. Immer wieder brandete Beifall auf, Gunther steuerte offensichtlich auf den Höhepunkt seiner Rede zu, die er in der Gründung eines Bundes gegen die Windkrafträder im Bayerwald gipfeln lassen wollte, dem „Josefibund“, wie er Max vorher erzählt hatte, nach dem Vorbild des Bund Naturschutz. Der Gunther war kein Dummer.

„Hier am Josefi wollen wir uns ein Versprechen geben.“ Gunther sprach mit ernster, langsamer Stimme, jede Silbe betonend. „Wir wollen einander geloben, dass wir…“.

Ein fürchterliches Pfeifen drang auf einmal aus den Lautsprechern, so schrill und gemein, dass die Zuhörer sich mit schmerzverzerrten Gesichtern die Ohren zuhielten, manche gerieten fast in Panik, versuchten vor dem Lärm zu flüchten und rannten in den Wald. Während hinter der Bühne einige Techniker das Pfeifen abzustellen versuchten, begannen die Lautsprecher noch zusätzlich zu knattern und zu knallen, dann war es plötzlich still. Völlig still. Die Lautsprecher waren tot. Nur noch einige hysterische Schreie waren zu hören.

Von seiner Position am Waldrand aus sah Max, dass es Personen gab, die die allgemeine Hysterie nutzten: Die drei Glatzen hatten das leere Podium erobert und ihrerseits blitzschnell ein großes Spruchband ausgebreitet, neben dem sie jetzt mit triumphierendem Grinsen standen:

„OHNE STROM KEIN TON. Windkraft braucht der Bayerwald - sonst bleibt eure Küche kalt!!“

Max war sofort klar, dass die Situation jetzt eskalieren würde. Die bis dahin friedliche Stimmung schlug um, Schreie wurden laut, während die einen das Weite suchten, drängten andere mit Gewalt hin zum Podium und versuchten die Glatzen, die sich mit heftigen Fußtritten wehrten, vom Holzgerüst herunterzuziehen.

Das Gerangle ging einige Zeit hin und her, aber dann wurde das Podium von der aufgebrachten Menge förmlich zerlegt und erstürmt.

Die drei Glatzen wurden heruntergezerrt, es kam zu einem heftigen Handgemenge, die Fäuste flogen, eine von den drei Glatzen wurde in den Schwitzkasten genommen und verschwand unter dem Podium, Ordner stürzten sich ins Getümmel, dann konnte Max nichts mehr sehen, so dicht war das Gewühl.

Doch, etwas sah Max noch, eine Person, deren Anwesenheit ihm schon während seiner Münchener Zeit oft Übelkeit verursacht hatte: Ein Reporter des Münchener Nachtkuriers, ein schlimmer Schmierfink, fotografierte was das Zeug hielt. Jetzt war er sogar auf das Podium geklettert, um bessere Bilder von der Rauferei schießen zu können. Das konnte nicht gut enden. Gunther und seine Windkraftgegner hatten sich provozieren lassen und waren auf die drei Glatzen hereingefallen. Max mochte gar nicht daran denken, welche Schlagzeilen morgen den Titel des Nachtkuriers zieren würden. Auch Eva hatte den Reporter erblickt. „Das ist doch der, der…ich komm nicht auf seinen Namen. Jedenfalls der vom Nachtkurier, der euch von der Münchner Kripo damals so in die Pfanne gehauen hat, oder?“

Ja, das war DER. Der Reporter, der Max und zwei seiner Kollegen vor Jahren beschuldigt hatte, bestechlich zu sein. Dabei hatte er selber einen Bestechungsversuch gestartet, um an Informationen zu kommen. Als das nicht funktionierte, hatte er eine üble Story in die Welt gesetzt. Max wollte gar nicht mehr daran denken. Jahrelang hatte ihn diese Verleumdung verfolgt. Und heute war der Schmierer am Josefi dabei. Und morgen würde im Nachtkurier ein Riesenartikel stehen über die Verbohrtheit der Bayerwäldler und den Mob, der die braven Windkraftwerker fast gelyncht hätte.

„Wer den wohl beauftragt hat?“ Eva hatte genau das ausgesprochen, was Max eben gedacht hatte.

Inzwischen waren auch die vier Polizisten aufgetaucht, die in einiger Entfernung gestanden und die bis dahin ruhige Kundgebung beobachtet hatten. Sie hatten Mühe, sich durch die Menge der aufgebrachten Windkraftgegner zu kämpfen und den Kordon zu erreichen, den die Ordner mittlerweile gebildet hatten, um die Provokateure zu schützen. Die Polizisten, so konnte Max beobachten, bewegten sich mitsamt dem Gürtel der Ordner durch die immer noch dichten Reihen der wütend mit den Fäusten drohenden und verbal aggressiven Demonstranten Richtung Frauenau, wo vermutlich ihr Einsatzwagen stand. Inzwischen hörte man aus dieser Richtung auch Sirenengeheul.

Die Ordnergruppe mit den Glatzen in ihrer Mitte entfernte sich langsam und ließ eine ratlose Demonstrantenmenge zurück. Die Leute standen in Gruppen zusammen und diskutierten heftig miteinander, viele verließen enttäuscht die Lichtung am Josefi, die Stimmung der Demonstranten war auf dem Tiefpunkt. Was so fröhlich begonnen hatte, musste so schlimm enden.

Max wusste jetzt schon, dass sich die Verantwortlichen bereits heute Abend oder spätestens morgen Früh, nach dem Erscheinen des Nachtkuriers, noch mieser fühlen würden.

Auf dem Weg zurück zu ihrem Wagen redeten die Esterls und Toni nur über ein Thema: Den Vorfall mit den Glatzen und die Konsequenzen, die sich daraus ergeben würden. Die Heißsporne, die so schnell über die Glatzen hergefallen waren, so war man sich einig, hatten auf alle Fälle der Anti-Windkraftbewegung im Bayerischen Wald einen Bärendienst erwiesen und den Verantwortlichen einen schweren Schlag versetzt.

Schon am späten Nachmittag, kaum dass sie daheim waren, suchte Anna im Internet die Abendausgabe des Nachtkuriers. Was dort stand, war offenbar nicht mehr als eine Schlagzeile mit Untertitel, der Journalist hatte noch nicht die Zeit gehabt, einen ganzen Artikel zu formulieren. Was da aber jetzt schon zu lesen und zu sehen war, übertraf die schlimmsten Erwartungen der vier.

„Lynchjustiz im tiefsten Bayerwald“, sprang ihnen da aus dem Bildschirm in Riesenlettern entgegen. „Betrunkener Mob von Windkraftgegnern schlägt 3 friedliche Gegendemonstranten krankenhausreif.“ Und dazu zwei Bilder von der Rauferei und eines von dem einzigen Verletzten. Der blutete aus der Nase, was sich natürlich in Farbe sehr gut machte.

„Mehr davon, unter anderem ein Interview mit Ing. Dr. Osterer, dem Leiter des Windparkprojektes, lesen Sie in unserer Morgenausgabe.“

Daher wehte also der Wind. Osterer und der Schmierer vom Nachtkurier. Eine alte Münchener Connection, das war Max völlig klar.

„Der Nachtkurier bleibt dran“, hieß es weiter. „Aktuell und schnell. Wir bringen die Wahrheit ans Licht. Ihr Nachtkurier.“

„Die Wahrheit“, sinnierte Max.

„Auf Tschechisch Pravda. Auf Russisch auch“, ergänzte Toni. „Pravda-Zeitung war russisch Zentralorgan in Kommunismus. Neni pravda, kein Wahrheit! So wie Nachtkurier. Minchen-Pravda!“

„Da hast recht, Toni. To je pravda. Und jetzt trinken wir noch eine Verdrusshalbe und dann gehe ich ins Bett. Morgen ist auch noch ein Tag und Eva muss in die Schule, arbeiten.“

„Montags immer erst dritte Stunde“, meldete sich Eva. „Sacra prace-Scheißarbeit“, bestätigte Toni. „Hab´s fast vrgessen. Muss auch zur Schule, muss heim.“

„Ich mag gar nicht dran denken, was morgen in der Münchner Pravda steht.“ Max verzog sich auf seinen Lieblingsplatz auf der Eckbank in der Küche. „ Mir reichts.“

Max schlief schlecht in dieser Nacht. Schon um Viertel nach sechs, als der Bäcker in seiner Nachbarschaft aufmachte, stand er vor der Tür um Semmeln und den Nachtkurier zu kaufen. Natürlich prangte auf dem Revolverblatt die gleiche Schlagzeile wie gestern Abend, auch die Bilder konnte Max wiedererkennen. Unter dem Kurztext stand aber heute: „Weiter auf Seite 3.“

Noch während er die Bäckerei verließ, blätterte der Ex-Kommissar im Nachtkurier, stieß dabei fast mit einer morgendlichen Kundin zusammen, was ihm nur ein kurzes, entschuldigendes „Eha“ entlockte. Dann setzte Max sich auf eine der Holzbänke vor der

Bäckerei, auf der im Sommer die Schüler der benachbarten Realschule ihr Mittagspauseneis schleckten.

Max hatte gut daran getan, sich zu setzen. Der Artikel war total einseitig geschrieben, übertrieb maßlos und nahm es mit der Wahrheit überhaupt nicht genau. Nein - Max korrigierte sich selbst: Der Schreiber log wie gedruckt. Und das Allerübelste, so fand Max, war, dass die Waldler wieder einmal als tumbe Idioten dargestellt wurden, die dem Fortschritt nur im Wege standen und nicht kapieren wollten, was für einen Segen die Münchener Windkraftgesellschaft für das Armenhaus Bayerns an der tschechischen Grenze, kurz vor Sibirien, bedeuten würde.

Der Ingenieur Dr. Osterer wurde zitiert und sprach von einem sanften, umweltschonenden Ausbau, sprach von den vielen Brücken, die man der renitenten Dorfbevölkerung vor allem in dem kleinen Bauerndorf Bärnzell („15 Häuser – 20 Misthaufen") gebaut habe, mit der man es nur gut meine, die aber nichts kapieren wolle oder könne. Die „Rädelsführer", darunter einen gewissen Gunther nannte Osterer „bauernschlau und hinterhältig".

Max dachte an die Einschüchterungen, die Mordversuche und die Borkenkäfer.

„Bauernschlau und hinterhältig." Das, was er da las, traf genau zu.

Auf Osterer.

Max Esterl schießt

„Schieß doch, Max, schieß!“, riefen alle Mannschaftskollegen. Wieder hatte Max den Ball nicht richtig getroffen, wieder hatte er seine Torchance versiebt, vergeigt, vergeben. Gegen einen Torhüter, der voriges Jahr seinen Achtziger gefeiert hatte. Gegen den brachte er kein Tor zustande. Es war wie verhext. Entweder Max traf den Ball nicht oder nicht richtig, so dass seine Schüsse weit neben oder über das Tor gingen oder er traf den Ball und das Tor und dann stand der bald einundachtzigjährige Jüngling so goldrichtig, dass er alle die Schüsse von Max spielend parierte. Max wollte schon aufgeben und einen Krampf oder eine Zerrung vortäuschen, da kam ein Zuspiel genau vor seine Füße. Wie hatte er das immer gemacht, vor 40 Jahren, als er noch der „Bomber“ gewesen war? „Nicht nachdenken, sonst geht´s wieder schief.“ Max sah den Ball seitwärts auf sich zukommen, machte eine halbe Drehung auf diesen zu, holte kurz aus und drosch die Lederkugel so wuchtig ins Tor, dass sie der Einundachtzigjährige nicht einmal mehr gesehen hatte. An den Torjubel, den heutzutage jede Schülermannschaft selbst bei einem Bemperlspiel zelebrierte, hatte sich Max noch nicht gewöhnt. Erstaunt betrachtete er deshalb die Hände der Mannschaftskameraden, die ihn zumindest abklatschen wollten. Max war angekommen. Er war wieder da, wo er vor vierzig Jahren, als er nach München gegangen war, ausgestiegen war. Max war sich nur nicht so sicher, ob das gut war oder schlecht. Seit drei Wochen war Max nun dabei, bei dieser

Freizeittruppe, die jeden Freitag am Buchenauer Sportplatz kickte und die unterschiedlicher nicht sein hätte können. Nach dem Einundachtzigjährigen und Gunther war Max der Älteste. Die Jüngsten in der Truppe waren 16 oder 17. Und alle hatten ihren Spaß dabei. Nach dem ersten Spiel vor drei Wochen hatte Max sich wie neunzig gefühlt: Keinen Muskel in den Beinen gab es, der ihm nicht weh tat, seine Hüften und sein linkes Knie schmerzten, er konnte daheim kaum mehr die Kellertreppe hinuntergehen. In der Nacht hatte er einen kapitalen Wadlrampf bekommen. Seine Schreie schreckten sogar Eva auf, die sonst durch nichts zu wecken war. „Hast einen Herzinfarkt, Max, was ist denn mit dir? Was soll ich denn tun? Sag´s mir.“ Eva war so erschreckt gewesen, dass sie lange nicht mehr einschlafen konnte. Normalerweise hätte Max diesen Umstand ausgenützt und… . Aber wenn er dabei erst recht einen Krampf bekam? Von Woche zu Woche allerdings war es dem Bomber beim Fußballspiel besser gegangen. Natürlich war der Bauch zu groß, die Kondition zu klein, die Schnelligkeit verloren. Dafür hatte Max aber bald das alte Auge für die Analyse der Spielzüge wiedergewonnen, er erfasste die Situationen blitzschnell und seine Reaktionen waren immer noch sehr gut.

„Ich hab´s ja gesagt, Bomber“, rief ihm Gunther zu, als sie nach dem Spiel den Platz verließen. „Heut hast du dir deine Brotzeit schon verdient.“ Brotzeit war gut gesagt. Einer der Spieler hatte diese Woche Geburtstag gehabt und zum Grillen vorbereitet. Nachdem sie sich im eiskalten Wasser eines direkt am Platz vorbeifließenden Baches gewaschen hatten, drängten sich die Fußballer in das „Sporthotel“, ein winziges aber gemütlich eingerichtetes Hütterl und prosteten sich mit einer kühlen Halbe Hutthurmer Bier zu. Als Max seine Flasche mit einem langen blonden, sehr norddeutsch sprechenden Spieler namens Benno anstieß, den alle mit dem wenig schmeichelhaften Wort „Preiß“ titulierten, zwinkerte dieser dem Max zu und fragte, ob er kurz Zeit habe. Max konnte sich überhaupt nicht vorstellen, was der Benno, der in Bayerisch Eisenstein, zweihundert Meter vor dem Grenzbahnhof eine Gaststätte betrieb, von ihm wollen könnte. Warum in aller Welt kam jeder zu ihm? Auch Eva hatte neulich eine Bemerkung fallen lassen, dass er, Max, irgendetwas an sich habe, das die Menschen veranlasse, sich ihm anzuvertrauen. War das jetzt schon wieder der Fall?

Etwas widerwillig verließ Max das Hütterl.

Benno ging zu einer der alten, schiefen Zuschauerbänke, die den Fußballplatz als Relikte aus vergangenen Zeiten noch säumten und setzte sich.

Der Wirt Benno erzählte Max von drei total unsympathischen Gästen, die hin und da in seinem Gasthaus verkehrten und diese Woche lautstark über etwas gesprochen hatten, das ihn, Max, vielleicht interessieren würde. Gunther habe den Max vor vier Wochen der Fußballmannschaft als den berühmten „Ex-Kommissar“ angekündigt, der am Fall mit den Schilderspaxern „dran war“ und ihn sicher lösen werde, „weil er bisher noch jeden Fall gelöst hat.“. Natürlich hatte Max Interesse, obwohl er dem Gunther schon ein wenig böse war, dass er mit ihm gleich so stark angegeben hatte

Der Wirt schilderte die drei Gäste und Max war sofort klar, dass es sich bei ihnen nur um die Glatzen handeln konnte. „Ej, geil, das ist ´ne Aktion, das gibt wieder Publicity", hatte einer von ihnen gerufen und dadurch Bennos Interesse geweckt. Als dieser seine Ohren zu direkt gespitzt hatte, hatten sie zu Reden aufgehört und ihm zugerufen, er solle sich gefälligst hinter die Theke verpissen. In seinem Lokal! „Weeßte, Esterl, da ha ick dann oock mein Stolz."

Benno hatte den dreien dann aber etwas untergejubelt, „grad ze Fleiß", hatte ihnen ihre Getränke gebracht und wie zufällig das Serviertablett auf ihrem Tisch liegen gelassen. „Ick hab eent, dat kann man doppelseitich verwenden. So rum oder so rum. Dadurch is jeweils auf der Unterseite vom Tablett och ´n jroßer Hohlraum. Und da hinein ha ick mein Handy jeklebt. Extraflach. Mit Tesaband jeklebt. Hält wie Sau. Und dat Handy natürlich einjeschaltet. Hat jesendet. An unser Festnetz. Bin an der Theke jestanden in 10 Metern Entfernung mit dem Telefon in der Hand, hab allet mitjehört und denen int Jesicht jelacht. Willste wissen?" Natürlich wollte Max, „Kruminale!"

„Die haben wat jesacht von ´ner Jruft. Unjefährliche Aktion. Janz alleenestehend, de Jruft. Montachabend haben sie jesacht. Ihr letzter Satz klang komisch: „Diesmal keen Puff", haben sie jesacht. Weeste, wat dat bedeutet?"

Max wusste, was das bedeutete, bedankte sich fast überschwänglich bei Benno, entschuldigte sich bei seinen neuen Freunden, die gerade dabei waren, die von Heiner, dem Chefkoch gegrillten Wammerl zu verspeisen und die den Max gar nicht gerne gehen lassen wollten. „Fällst ja vom Fleisch", spielte der Heiner auf die Leibesfülle von Max an und erntete einige Lacher dafür. Max aber verzichtete, so sehr er dies auch bedauerte, auf das Essen und fuhr sofort durch den frühlingshaft hellgrünen, abendlich dämmerigen Buchenwald heim nach Zwiesel. Das Zöpfl mit dem noch heißen Grillwammerl, das ihm der Heiner „aufgenötigt" hatte, verzehrte er während der Fahrt.

Eva war gerade beim Abendessen, als Max zur Küchentür hereinhumpelte. „Na, bist aber nicht lange geblieben, hast du dich verletzt?" „Nein, alles in Ordnung mit mir, nur das Übliche."

Nach einem Blick auf Evas Abendbrot fragte Max: „Kann ich auch was haben?" „Ich dachte, ihr grillt heute?" „Schon, aber, ich hab eine Information bekommen, die muss ich unbedingt sofort an Pepi Holub weitergeben, sofort. Also, hast du noch etwas zu Essen für mich?" Eva schüttelte wieder einmal den Kopf über ihren Mann. „Sofort" hieß bei ihm natürlich „sofort nach dem Essen".

Aber Max schaute sie so bittend an wie ein kleiner Hund, dass Eva lachen musste und noch einen zweiten Teller für Max aufdeckte.

An der Gruft

Während des Essens erzählte Max, er habe von seinem neuen Fußballfreund „Benno", einem Wirt in Eisenstein, Infos bekommen, dass die Glatzen etwas Größeres planten.

„In der Nacht zum Dienstag. In oder an einer Gruft. Was bedeutet „Gruft"? Ich zermartere mir schon die ganze Zeit den Kopf darüber. „In der Gruft" ist ein Flurname nahe dem Lindberger Schachten, aber wie soll dort eine „geile" Aktion stattfinden, mitten im Hochwald, Kilometer von der nächsten Ansiedlung, von Buchenau entfernt?"

Max nahm einen tiefen Schluck von seinem Bier, das ihm natürlich jetzt, nach dem Sport, besonders schmeckte.

„Auf dem Zwieseler Friedhof gibt es einige Gruften, aber die sind nicht alleinstehend, sondern mitten in der Stadt. An denen ist auch nichts Spektakuläres. Kann mir nicht vorstellen, dass dort eine Aktion stattfinden soll, die Publicity bringt. Mensch, ist das schwierig. Jetzt haben wir endlich einen ziemlich konkreten zeitlichen Hinweis und dann finden wir keinen Ort dazu. In Böhmen müsste es sein oder zumindest im Grenzgebiet. Kruminale."

Eva überlegte ebenfalls angestrengt. „Gruft…Gruft… Gruft?" Auf einmal donnerte sie Messer und Gabel so heftig auf die Tischplatte, dass ihr Mann ganz erschrocken zusammen zuckte. „Gruft! Ich hab´s. An der Abele-Gruft machen sie was. In Hurkenthal. Hurka auf Tschechisch. Das würde passen. Die Glasmacherfamilie

Abele, nahe Verwandte unseres Dichters Karl Klostermann, hatten bei ihrem Glasherrengut in Hurkenthal eine Familiengruft. Die Gruft war berühmt, weit über Hurkenthal hinaus, im ganzen Böhmerwald. Über 20 Mitglieder der Familie Abele sind dort bestattet worden, auch der Vater von Karl, der Dr. Josef Klostermann lag dort.

„Warum sagst du „lag"?" Max sah seine Frau fragend an.

Die seufzte: „Das ist auch so ein trauriges Kapitel in der Geschichte zwischen Tschechen und Deutschen. Erst wurden die Hurkenthaler aus ihrer Heimat vertrieben, dann wurde dieser Teil des Böhmerwaldes zum militärischen Sperrgebiet erklärt und dann haben die Soldaten, wie in Stubenbach, fast alles dem Erdboden gleichgemacht. In der Abelegruft sollen sie mit den Totenköpfen Fußball gespielt haben, sagen tschechische Zeitzeugen, die sich bis jetzt noch für diese besoffenen Vandalen schämen. Heute steht dort nur mehr ein Teil einer Kirche, wieder hergerichtet von der alten Hurkenthaler Bevölkerung. Jedes Jahr zu ihrem Treffen läuten sie eine „Glocke der Versöhnung". Das ist doch ein positives Signal."

„Ja", dachte Max. „Wenn man sich dagegen die anderen anschaute, die Glatzen." „Woher weißt du das alles, von der Gruft und so"

„Ach, Max, kein Problem: Das Internet. Nach Hurkenthal, da wollt ich schon voriges Jahr hin, und dann hoch zum Lakasee, das soll eine wunderschöne Radtour sein. Aber mit dir! Du willst ja partout nicht Rad fahren." Hier hatte Eva eine empfindliche Stelle bei Max getroffen: Seinen Hintern. Radfahren mochte er nicht so recht, weil ihm sein Hinterteil immer so weh tat danach. Max beschloss aber, dass jetzt nicht die Zeit war, eine erneute Grundsatzdiskussion zum Thema „Radfahren" zu beginnen. „Eva, ich muss jetzt dringend den Holub Pepi anrufen." Max eilte zum Telefon, Eva lächelte still.

Pepi zweifelt

“Woher hast du Info? ....Von Fußball? ...Von Gastwirt? Is Gastwirt auch wirdig? Vrtraunwirdig?“

„Na ja, wie Gastwirte eben sind, der eine so, der andere so. Ich kenn den Wirt ja auch erst seit drei Wochen, seit ich wieder Fußball spiele, auf mich macht er einen guten Eindruck. Das Bier mag er halt gern. Aber Fußballspielen kann er super.“

„Max, wie lang bist jetzt schon in Pension?“ „Zwei Jahre werden es bald.“ „Und bist schon so Trottel! Fußballspielen kann er gut, darum ist zuvrlässig.“, machte der Pepi seinen Freund Max nach. „Vrstehst, Max, ich kann nicht schon wieder mobil machen, wegen Gastwirt. Gastwirt! Kann nicht schon wiedr anfordrn Hundrtschaft Polizei wegen Gastwirt wie nach Wassrschlag bei Slučí Tah, äh Schnäpfenstrich.“

„Erstens heißt es Schlag ins Wasser und zweitens möchte ich dich nur daran erinnern, Pepi, letztes Mal hast du mobil gemacht wegen einer Bordellchefin“, versuchte Max seinen Freund doch noch zu überzeugen.

Der japste ganz entsetzt nach Luft: „Ich hab´s mobil gemacht wegen Irmi, nicht wegen irgendwer.“ „Irgendwem heißt´s zwar, Pepi, aber du hast trotzdem recht“, lenkte Max ein. „Irmi ist Irmi.“ Pepi knurrte zustimmend.

„Und wie machen wir es dann, wenn du deine Hundertschaft nicht kriegst?“ „Krieg´s nicht mal Streife“, murmelte Pepi kleinlaut. So verzagt und mutlos kannte Max seinen Freund gar nicht.

“He, Pepi, was ist los?“ „Nix is los. Polizeichäf Westbehmen hat mir Fall gezogen. Kein Erfolg hat er g´sagt und g´schimpft. Er muss Kopf hinhalten bei Presse und ich kann nur Scheiß machen und er mechte Erfolg. Chäf macht jetzt selbr. I bin wiedr kleins Radl in Apprat.“

Dabei klang die Stimme vom Pepi so bewusst demütig, dass es sich nun schon wieder sehr verschmitzt anhörte. Max musste lachen, wenn er ihm nur zuhörte und er steckte seinen Freund an. Nach einigen Augenblicken des Gelächters fassten sich die beiden wieder und sagten fast zugleich: „Dann machen wir es halt selber“ und “wir machen selbr.“

Die Nacht zum Dienstag, eineinhalb Wochen nach dem Tag des Heiligen Bonifatius, des letzten der Eisheiligen war eine Nacht, in der man nicht einmal einen Hund vors Haus gejagt hätte. Nichts mehr erinnerte an das Kaiserwetter, das noch am Sonntag geherrscht hatte. Den ganzen Montag schon waren graue Hochnebelschwaden über den Böhmerwald hinweggezogen. Es hatte nicht richtig geregnet, aber ein feiner Sprühniesel hatte die Konturen des Waldes verschwimmen lassen.

„Nichts mehr stimmt, alles ist aus den Fugen. Sogar die Eisheiligen kommen zu spät“, hatte sein Freund, der Bäcker heute früh gejammert, als Max bei ihm seine Frühstückssemmerl gekauft hatte.

Die Temperaturen in den Hochlagen würden sich in der Nacht dem Gefrierpunkt nähern, hatte der Wetterbericht verkündet. Eva hatte Max, als er sich für seinen Einsatz ankleiden wollte, stumm ein Paar lange

Unterhosen hingelegt, dazu eine halbe Stange Hartwurst, zwei Scheiben Brot und eine Thermoskanne heißen Kaffee. Alles war wie früher gewesen, Max kam es vor wie ein Deja-vu-Erlebnis, als ob die Zeit stehen geblieben wäre.

„Mach´s gut“, verabschiedete sich Eva. „Und seid vorsichtig.“

„Es kann später werden“, hatte Esterls Antwort stets gelautet.

„Du hast ja ein Handy. Ruf einfach an. Vergiss nicht.“

„Bestimmt nicht.“

Ein flüchtiger Kuss. Wie früher. Hatte er das vermisst, in der Zeit, seit er pensioniert war? Max war sich nicht sicher. Das Kribbeln im Bauch, das sich während seiner Fahrt zum „Einsatz“ langsam aufbaute, das brauchte Max eigentlich nicht mehr.

Pepi hatte Max schon am frühen Abend in Eisenstein abgeholt, wo der Deutsche sein Auto stehen ließ. Das Wetter war immer noch nicht besser geworden, der Wald durch den sie fuhren, war finster und schien undurchdringlich. Nebelfetzen hielten sich hier und da, nur wenige Autos kamen den beiden auf der Nationalparkstraße bis Nová Hŭrka entgegen.

Pepis Dienstyeti mit seinem Vierradantrieb hatte die Steigung auf der gut ausgebauten Forststrasse von Neuhurkenthal nach Hurkenthal hoch mühelos bewältigt. Kein Wanderer, kein Radfahrer war den beiden auf ihrem Weg begegnet. Hier also war die berühmte Abele-Gruft gewesen, von der heute fast nichts mehr übrig geblieben war. Ein Kirchlein und eine Gedenktafel.

Pepi parkte seinen Škoda rückwärts in ein Waldstück hinein, so dass der Wagen fast hinter einer der Randfichten verschwand. Selbst bei Tag hätte man sehr genau hinschauen müssen, um den Wagen zu entdecken. Pepi stieg aus, legte die knapp hundert Meter bis zur ehemaligen Gruft zurück und schaute von dort auf seinen Wagen. Zufrieden hob er den Arm um Max anzuzeigen, dass die Tarnung gut war. Sogar jetzt, in der noch leichten Dämmerung konnte Max den Arm schon kaum erkennen. Max stieg aus dem Auto und umrundete mit Pepi die Kirche, die anstelle oder über der Gruft erbaut worden war. In Gedanken ging er die verschiedenen Szenarien durch, die sich hier zwischen ihnen beiden und den drei Glatzen abspielen konnten. Sie beide hatten auf alle Fälle abgemacht, die Spaxer zunächst ihr Werk tun zu lassen. Und wenn diese dann mitten in ihrer Arbeit waren und ihre Aufmerksamkeit erlahmte, dann wollten die beiden, der Ex- und der wirkliche Kriminaler zuschlagen. Pepi würde sich anschleichen, die Waffe schon im Anschlag und dann den drei Glatzen „Hände hoch und Waffen weg“ zurufen. Max sollte im Hintergrund bleiben und absichern.

Max wog die Waffe, die der tschechische Polizist für ihn mitgebracht hatte, in seiner Hand. Fühlte sich komisch an, nach all den Jahren, die Max nun schon nichts mehr damit zu tun hatte.

Ganz wohl war Max nicht mit der Pistole. Was war, wenn er schießen musste, wenn er gar einen von den drei Glatzköpfen verletzte? Er, der Deutsche? Der pensionierte Polizist. Im Ausland. Max mochte gar nicht daran denken, was das für Folgen haben würde.

Egal. Jetzt hatte er „A“ gesagt, jetzt musste er konsequent sein.

Obwohl Max sich sehr gut eingepackt hatte, begann nun, nach zweistündigem Warten, die Kälte in ihm hochzukriechen. Nichts hatte sich bisher getan, nicht einmal ein Hase hatte sich blicken lassen in dieser stockfinsteren, nebelverhangenen Nieselnacht. Max wünschte sich gerade, dass der Spuk noch vor Mitternacht beginnen würde, da sah er, ziemlich nahe, ein Licht auf der Forststraße auftauchen, das die Nebelwand durchbrach. Die Scheinwerfer des Wagens sahen aus, als ob sie die kleine Kirche suchten. Als sie ihr Objekt gefunden hatten, standen sie still.

Drei dunkle Gestalten verließen das Auto, dessen Motor weiter lief. Zwei davon öffneten die Tür des Kofferraums und machten sich dort zu schaffen, der Dritte peilte offensichtlich die Lage. Als der Mann in den Lichtkegel des einen Scheinwerfers geriet, sah Max, dass er in der einen Hand eine Flasche und in der anderen eine Waffe trug. Max sah auch, dass die Gestalt schwankte. Es war offensichtlich der Säufer.

Die zwei anderen packten aus und spaxten fleißig. Max konnte die Geräusche ihrer Akkuschrauber hören. Innerhalb weniger Minuten hatten die Spaxer ihr Werk fast vollendet. Zwei Tafeln hatten sie schon fest an die Kirchenwand montiert.

Im Scheinwerferlichtstrahl konnte Max deutlich erkennen, was die zwei Spaxer da an die Kirchenwand geschraubt hatten. „Diese Kruft wurde geschändet“, las Max. „Nicht einmal unsere Toten habt ihr ruhen lassen!! Die S-childer S-paxer." Die beiden „S" waren wie SS-Runen geschrieben. Noch vier, fünf Schrauben, dann war auch die letzte, die untere Tafel befestigt.

Max öffnete vorsichtig die Beifahrertür, um Pepi zu folgen, der zum Geländewagen der Spaxer hin unterwegs sein musste. Dann entsicherte Max seine Schusswaffe und starrte zum Auto der Spaxer hin. Dort irgendwo müsste jetzt Pepi sein.

Sehen konnte Max den Freund nicht, aber hören konnte man ihn jetzt ganz deutlich: Als die Spaxer fast fertig waren, sprang Pepi hinter den Lichtkegel des Autos, so dass er selber nicht zu sehen war und rief: „Waffen hoch und Hände weg! Sie sind vrhaftet." Trotz des etwas verhunzten Textes hatten die Glatzen sofort verstanden. Sie ließen ihre Schrauber fallen und nahmen vorsichtig ihre Hände hoch. Nur der Betrunkene nicht. Der hatte offensichtlich nichts verstanden, denn der schwenkte seine Waffe dorthin, wo er eben noch Pepis Stimme gehört hatte und schoss sofort.

Pepi, der zum Glück aus Routine den Platz gewechselt hatte, wurde nicht getroffen, dafür splitterte Glas. Pepi lief vom Auto weg, ging in Deckung und erwiderte das Feuer. Die beiden anderen Glatzen hatten inzwischen auch Waffen gezogen und ballerten ebenfalls wild drauflos. Max war noch zu weit entfernt, um vernünftig schießen zu können. Er hatte das Dienstauto hinter sich gelassen und lief geduckt seitwärts nach vorne, um sich in Position zu bringen. Nochmals ein Schuss und nochmals splitterte Glas. Diesmal hinter Max. Pepis Dienstyeti.

Dann hörte Max nur noch die wilden Schusssalven der Schilderspaxer, er sah ihre Gestalten schemenhaft hinter ihren Mündungsfeuern. Von Pepi kam kein Schuss mehr.

„Es wird ihn doch nicht erwischt haben, den Freund? Oder hat er eingesehen, dass die Schießerei nichts bringt außer Todesgefahr. Jetzt hatten sie die Beweise, die Glatzen würden sie schon noch kriegen." Max erkannte, dass es besser war, wenn er nicht auch noch in das Gefecht eingriff. So blöd war er nicht, dass er sich eine Tapferkeitsmedaille auf seinen Sarg legen ließ. Also Rückzug in Richtung Waldrand. Pepi dachte offenbar genauso. Hoffentlich lebte er noch.

Max musste zusehen, wie die Glatzen, immer noch feuernd, ihren Wagen enterten und davonbrausten. Der Nebel hatte die Rücklichter ihres Fahrzeugs schnell verschluckt. „Pepi. Pepi."

„Ja, Maxe." „Kruminale, lebst du noch:" „So dumme Frage, kennt ich sonst sprechn?" Max war so erleichtert, dass ihm fast schwindlig wurde und ein kräftiger „Schoas" sich seinen Weg in die kalte Nachtluft bahnte. Jetzt sah Max am Licht von Pepis Handy, dass dieser schon dabei war, seine Truppen in Stellung zu bringen. Zum Glück gab es hier ein Handynetz.

Pepi schrie mehrere Befehle auf Tschechisch in den Apparat, Max verstand, außer wenigen Ortsnamen, nichts davon. Als Pepi mit dem Telefonieren fertig war, erklärte er seinem Freund: „Hab alle Polizisten von Klatovy bis Prachatice alarmiert. Alle Grenzen sind dicht, keinr kommt durch. Und ibr grine Grenze gäht nicht, viel Schnää, is noch weiße Gränze", grinste Pepi.

„Das ist schon mal gut. Aber ob ihr die noch erwischt?"

„Wo kennen Spaxr sein? Erst mit Wagn nach Nová Hŭrka runtr. Dort zwei Meglichkeiten", überlegt Pepi laut: „Links oder rechts? Vlevo nebo vpravo. Wenn links, dann in Gerlhitte wiedr zwei Meglichkeiten: links odr rechts. Železná Ruda odr Klatovy. Wenn in Nová Hŭrka rechts, dann wiedr zwei Meglichkeiten." „Links oder rechts", äffte Max nach. Pepi sah ihn etwas beleidigt an. „Ne, gradeaus odr rechts. Grade nach Hartmanice, rechts nach Prášily."

„Prášily, das ist´s. Dorthin haben sie sich zurückgezogen und dort halten sie sich versteckt bis die Luft rein ist."

Pepi sah Max wieder an, diesmal nicht beleidigt, sondern eher mitleidig. „Woher weiß mein Freind, dass Prášily?"

„Ich weiß es eben. Ein Jagdhaus! In Prášily."

„Sichr?"

„Ganz sicher!"

„Sonst kostet mir Kopf."

„Ganz sicher."

„Du kennst Lage?"

Max schilderte Holub genau, wo das Jagdhaus in Prášily lag. Es folgte ein Telefonat, das Pepi offenbar mit jemandem führte, der noch über dem westböhmischen

Polizeipräsidenten stand. So deutete er es zumindest Max gegenüber an.

„Muss spielen letzten Trumpf. Wenn nicht sticht, dann… .“ Pepi machte eine Handbewegung, als ob er sich erhängen würde.

„So schlimm?“ fragte Max.

„Ganz sichr“, kam die Antwort.

Götterdämmerung in Stubenbach

Als Holub und Esterl fünfzehn Minuten später mit ihrem von den Spaxern durch einen Querschläger zum „Einäugigen“ geschossenen Škoda in Prášily eintrafen und den schmalen Weg zum Jagdhaus hochfuhren, war noch niemand von der Polizei da. Pepi parkte den Wagen auf Geheiß von Max unterhalb der Zufahrtsstraße und schaltete das eine Licht aus. Die beiden gingen zu Fuß weiter. Pepi schärfte seinem Freund noch einmal ein, auf keinen Fall irgendwie mitzumischen. Ab jetzt sei der Fall ausschließlich Sache der tschechischen Polizei, nicht einmal er, Pepi, sei eigentlich mehr beteiligt.

Auf den ersten Blick sah das Haus verlassen aus, die Läden waren dicht, kein Lichtschimmer war zu sehen. Wenn man aber genauer hinschaute, sah man, dass eine frische Autospur durch die Schneereste zur Garage führte.

Jetzt hieß es warten.

Entkommen konnten die drei eigentlich nicht, sie hatten, wenn das Jagdhaus erst einmal umstellt war, keine Chance mehr. Pepi Holub telefonierte wiederum, offenbar um Anweisungen zu geben. Max verstand natürlich wieder nichts, aber er hätte an Holubs Stelle befohlen, das Haus weiträumig und unauffällig zu umstellen. Die drei Glatzen durften keine Möglichkeit haben, wieder zu verduften.

Endlich, nach einer halben Stunde, die Max allerdings vorkam wie eine Ewigkeit, trafen die ersten Polizeieinheiten ein. Holub unterwies sie und teilte sie ein.

Als Erstes versuchte er offensichtlich, die zum Wald hin gelegene Rückseite des Jagdhauses abzusichern. Genau so hätte Max es auch gemacht.

Nach einer weiteren Viertelstunde kamen mehrere Einsatzwägen der tschechischen Polizei: Hundetrupps, Scharfschützen mit Nachtsichtgeräten, „das ganze Programm“ hieß das im deutschen Polizeijargon. Holub nahm sie in Empfang und teilte auch sie routiniert und mit knappen Worten ein. Max war inzwischen zum Auto zurückgegangen. Er würde sich nicht einmischen, das hier war nicht mehr sein Fall.

Jetzt war alles vorbereitet, fand Max, jetzt konnte es eigentlich losgehen. Einige Minuten verstrichen, nichts war zu hören, nichts zu sehen. Warum schlug man nicht los?

Dann allerdings glaubte Max ganz in der Ferne Hubschraubergeknatter zu hören. Täuschte er sich da? Seit Max bei einem Einsatz in München ein Schusstrauma erlitten hatte, war sein Hörvermögen ziemlich eingeschränkt.

Das Geknatter wurde lauter, es wurde unerträglich, Scheinwerfer aus der Luft suchten nach einem Landeplatz. Das war ja eine Katastrophe. Wenn die Glatzen noch nicht gemerkt hatten, dass sie entdeckt worden waren, jetzt mussten sie es auf alle Fälle kapiert haben. Zum Glück hatte Pepi schon vorgesorgt und alles umstellen und abriegeln lassen.

Pepi kam zu Max. „Fir mich ist endgiltig Konec, Schluss fir heite.“ Auf den fragenden Blick von Max hin erklärte der Freund: “Hehere Scharsche ibrnimmt

Kommando. Obrschäf aus Plzeň, Obrobrchäf aus Praha. Wissen alles viel bessr als klein Holub."

Der Freund stieg ins Auto, neigte sich herüber zu Max, der auf dem Beifahrersitz saß, öffnete das Handschuhfach und holte zwei Flaschen Pilsener und eine Flasche Becherovka heraus. „Dobrou noc! Gute Nacht." . Wie Pepi das gemeint hatte? Die nächsten Minuten bestätigten Max in seinem Verdacht, das „Gute Nacht" könnte sehr ironisch gemeint sein.

Der Hubschrauber fand seinen Platz, landete mit dem üblichen Getöse und ihm entstieg zunächst ein Kamerateam eines tschechischen Privatsenders. Blitzschnell hatten sie ihre Kameras in Position gebracht, ihre Scheinwerfer waren auf den Helikopter gerichtet und aus diesem sprangen, heldenmütig und äußerst agil: „Dr Polizeipresident in Paradeuniform und unsrigr Sekretär, äh Staatssekretär", wie Pepi dem Max wegen des noch immer andauernden Höllenlärms ins Ohr schrie.

Jetzt war Max klar, dass Pepi nichts mehr zu sagen haben würde. Pepi sah das offensichtlich auch so: „Prost Maxe, wir sind da raus. Na zdravi."

So kam es also, dass die beiden Freunde im Dienst-Yeti des tschechischen Kommissars saßen, sich mit einer „Verdrusshalbe" Pilsner Biers zuprosteten, abwechselnd vom Becherbitter tranken und die Ereignisse beobachteten, die sich vor ihren Augen abspielten. Der Platz, an dem ihr Wagen stand, war günstig, Logenplatz sozusagen.

Wie im Film zogen die Bilder an den beiden Freunden vorüber.

Spot an, Licht! Viel Licht! Fünf oder sechs Scheinwerfer waren auf das Jagdhaus gerichtet, das gab eine gute Ausleuchtung für die Fernsehbilder.

Dann eine Lautsprecherstimme, die den Eingeschlossenen den Ernst ihrer Lage und die Hoffnungslosigkeit ihrer Situation darstellte und sie aufforderte, innerhalb von zehn Minuten mit erhobenen Händen das Jagdhaus zu verlassen. So zumindest übersetzte Pepi für Max, denn der Text war auf Tschechisch gesprochen worden.

Gut für das tschechische Fernsehpublikum, aber unverständlich für die eigentlichen Adressaten, die drei Glatzen. Max war inzwischen klar, welches Spiel hier gespielt wurde. Es ging nur um die Bilder, die in den Frühnachrichten großen Eindruck machen würden, nur um die Popularitätswerte, die man auf diese Weise geschickt nach oben treiben konnte. Und dazu war vermutlich jedes Mittel recht.

Jetzt taten die Glatzen Max fast ein bisschen leid. Sie waren in ein Spiel geraten, das für sie nur übel ausgehen konnte.

Stille, gespenstische Stille breitete sich aus. Das Jagdhaus lag wie verlassen da, nur hin und wieder glaubte Max eine Bewegung wahrnehmen zu können, wenn einer der Polizisten, die das Haus umzingelt hatten, seine Position veränderte. Max starrte auf die unwirkliche Szenerie, bis ihm die Augen brannten. Pepi ging es offenbar genau so, denn er wischte sich dauernd mit einem Taschentuch über sein Gesicht.

Die Zehnminutenfrist, von der die Glatzen keine Ahnung hatten, verstrich und die „Obrbosse“ mussten jetzt natürlich handeln. Die Kameras und die Mikrophone der Fernsehleute saßen ihnen im Nacken.

Dunkel gekleidete Polizisten mit Helmen und schusssicheren Westen arbeiteten sich auf das Jagdhaus zu, noch immer war von den Glatzen nichts zu sehen. Irgendwie kam Max der surreale Gedanke, was wohl wäre, wenn die Brüder doch nicht im Jagdhaus wären und das ganze Monsteraufgebot für die Katz gewesen wäre. Dann würde Pepi, der das Riesenremmidemmi hier ausgelöst hatte, wohl in Pilsen bis zu seiner Pensionierung den Verkehr regeln.

Kaum aber hatte Max seine Gedanken zu Ende gedacht, da peitschten schon Schüsse auf. Die Glatzen wollten sich doch nicht einfach kampflos ergeben. Die Schüsse hatten offenbar den Scheinwerfern gegolten, denn mit einem Schlag war es finster geworden. Aber nur für Bruchteile von Sekunden.

Denn jetzt ging ein Feuerwerk ab, wie Max es selten noch gesehen hatte. Die Glatzen schossen aus allen Rohren, und sie hatten offensichtlich viele Rohre, auch größere Kaliber, wie Max am Klang feststellte. Und die Polizisten erwiderten das Feuer bedingungslos. Das gab Fernsehbilder!

Der Schusswechsel zog sich minutenlang hin, ohne sichtbaren Erfolg für die eine oder die andere Seite. Die Glatzen brauchten offenbar an Munition nicht zu sparen. Wahrscheinlich, so dachte Max, sitzen sie mit glänzenden Augen und hyperventilierend hinter ihren heißen Rohren, so wie Pubertierende hinter ihrem Computerspiel.

Und die Glatzen waren offenbar auch keine schlechten Schützen.

Zwei Polizisten hatte es jetzt erwischt, schnell waren sie von ihren Kameraden aus der Schusslinie gezogen und nach hinten gebracht worden. Das machte sich natürlich nur bedingt gut für die Publicity. Sanitätswagen und Siegerlächeln, das passte nicht recht zusammen.

Noch einmal versuchten die Truppen das Jagdhaus zu stürmen und noch einmal wurden sie zurückgeschlagen, wieder gab es einen Verletzten. Die Festung schien mit der Taktik, mit der bisher vorgegangen wurde, uneinnehmbar zu sein.

Mittlerweile war es fast halb vier Uhr früh geworden, Max und Pepi froren schon so gewaltig, dass ihnen die Hartwurst, von der sie abwechselnd abbissen, fast aus den Händen fiel. Auch der Becherovka, der Karlsbader Becherbitter, den Pepi aus dem Handschuhfach seines Škoda gezaubert hatte, konnte sie nicht mehr aufwärmen, obwohl die beiden ganz schön zulangten. Keiner konnte es ihnen verwehren, sie waren ja draußen aus dem „Geschäft“.

Wieder gab es einen Versuch, die drei Deutschen über Lautsprecher zum Aufgeben zu überreden, wieder auf Tschechisch. Die Aufforderung wurde von den

Glatzen mit einer Feuersalve beantwortet: Diese Sprache verstand jeder.

Pepi und Max beobachteten von ihrem Auto aus, wie die Oberbosse beratschlagten. So wie die Lage sich entwickelt hatte, war sie gar nicht mehr positiv: Mehrere Verletzte und bisher noch kein Erfolg. Da hatten sich der Polizeipräsident und der Staatssekretär wohl leichteres Spiel ausgerechnet. Jetzt sahen die beiden Freunde, dass eine Frau zu den beiden „Obrbossen" stieß.

„Polizeipschyschologin", erklärte Pepi, schon mit leichtem Zungenschlag. „Gscheite Frau. Und schen."

Die schöne Frau redete einige Zeit auf die Obrbosse ein und deutete dabei immer wieder in die Richtung, wo der Škoda mit den zwei Freunden stand. Nach einigen Minuten schienen die Bosse mit ihren Vorschlägen einverstanden zu sein und die Polizeipsychologin machte sich auf den Weg. Sie ging schnurstracks zum Auto der beiden.

Pepi ließ das Seitenfenster herunter. „Ahoj, Dana, jak se máš?"

Dana, die Psychologin, die wie Max feststellte wirklich hübsch war, begann sofort auf Deutsch zu reden: „Guten Tag." Und an Max gewandt: „Sie sind Herr Esterl?"

Als Max bejahte, wurde die Stimme der Psychologin sehr förmlich.

„Herr Polizeipräsident und Herr Staatssekretär möchten Herrn Esterl von Bayerischer Polizei bitten, sich als Dolmetscher zur Vrfügung zu stellen. Ich soll

Sie deshalb ersuchen, mir zu folgen, Herr Esterl." Zu Pepi gewandt, zischte die Psychologin auf Deutsch, so dass Max auch verstehen konnte: „Sie haben Dolmetschr vergessen, die Arschlöchr, und jetzt geht nichts weiter. Mich als Frau, noch dazu als Tschechin würden die Verbrechr kaum akzeptieren."

Da hatte die Psychologin wohl nicht so unrecht, stellte Max bei sich fest. So wie die Glatzen damals den tschechischen Kellner Jiří im Bräustüberl behandelt hatten… !

Die schöne Dana fuhr fort: „Also müssen die Klugscheißr in die saure Gurke beißen."

„Wo die schöne Dana nur diese deutschen Fachbegriffe her hatte?", überlegte Max.

„Und diese saure Gurke sind Sie, Herr Esterl. Sie missen reden." Max Esterl schaute verdutzt an sich herunter. Mit einer sauren Gurke hatte ihn noch niemand verglichen. Aber als Dana ihm schöne Augen machte und Pepi ihn kräftig in die Seite puffte, brummte Max Esterl: „Kruminale, wenn es sein muss."

Die Polizeipsychologin setzte sich zu den beiden ins Auto, rümpfte erst einmal die Nase wegen des doch inzwischen recht kräftigen Becherbittergeruchs, den die zwei Freunde verbreiteten, zögerte kurz, beschloss aber dann offensichtlich, dem bayerischen Ex-Kommissar diese schwierige Aufgabe trotz seiner Alkoholisierung zuzutrauen.

„Du Dana-ich Max", so hatten die beiden sehr schnell zu einem kollegialen Verhältnis gefunden.

Und dann gab die Psychologin dem Max Esterl Ratschläge, wie er sich zu verhalten habe.

Jetzt endlich begann hier die professionelle Arbeit, stellte Max fest, nachdem er die Anweisungen der Psychologin entgegen genommen hatte, die eher wie Vorschläge geklungen hatten.

***

„Vorsichtig taktieren, erst hinhaltend agieren. Nichts sagen, was die Verbrecher reizen könnte." Der Vortrag der Psychologin dauerte einige Minuten. Max stellte fest, dass die deutschen und die tschechischen Polizeipsychologen offenbar dasselbe Lehrbuch benutzten. Er selbst hatte schon zu seiner aktiven Dienstzeit etwas andere, direktere Methoden bevorzugt.

Und jetzt, so stellte Max auch fest, war der Schwarze Peter plötzlich bei ihm gelandet. Er hatte nun die Verantwortung dafür, ob die Geschichte einigermaßen glimpflich verlaufen oder im Fiasko enden würde.

Dann aber kam in Max so etwas wie eine alkoholbedingte Wurstigkeit auf. Er, der bayerische Kriminaler, äh Ex-Kriminaler würde denen zeigen, wie wir mit unseren, den bayerischen Kriminellen umgingen. Kruminale!

Die Psychologin ging mit Max im Schlepptau zu ihren „Obr- und Obrobrbossen" und stellte ihn kurz auf Tschechisch vor. Max hatte den Eindruck, dass die Fahne des Staatssekretärs die seine noch deutlich übertraf. Cognac, tippte er.

Max wurde schnell verkabelt und erhielt ein Headphone, mit dem seine Stimme per Funk auf einen starken Lautsprecher übertragen werden konnte. Inzwischen, so stellte Max fest, waren offenbar noch weitere Fernsehteams eingetroffen, mehrere Kameras richteten sich auf ihn.

Die tschechischen Polizisten hatten sich zurückgezogen und feuerten schon seit einigen Minuten nicht mehr. Auch die drei Glatzen hielten still.

„Lass dir jetzt nur keinen Zungenschlag anmerken. Alles, was du sagst wird live übertragen, Kruminale!“, sagte Max zu sich ehe er die ersten Worte an die Glatzen formulierte.

Die Anweisungen der Psychologin? Hatte er längst vergessen.

„Hier spricht Max Esterl. Ihr kennt mich von Zwiesel her. Ich komme jetzt aus meiner Deckung. Ihr werdet nicht schießen.“

Nun kam der wohl schwierigste Moment. Langsam trat Max Esterl ins Licht der Scheinwerfer. Alles schien den Atem anzuhalten, alle Kameras waren auf ihn gerichtet. Nach vier, fünf Schritten stoppte er. Kein Schuss. Max wurde sicherer. „Vorsichtig taktieren, hinhaltend agieren“, hatte die Psychologin gesagt. Oder so ähnlich.

„Ihr habt zwei Möglichkeiten: Entweder ihr macht es wie die islamistischen Selbstmordattentäter und versucht ein Blutbad anzurichten. Dann seid ihr Spinner und in weniger als einer Stunde selber hin, das garantiere ich euch. Maustot! Hier wird nicht mehr gespaßt und ihr habt Eure Gaudi gehabt.“ Max machte eine kleine Pause. „Oder ihr kommt mit erhobenen Händen raus und ergebt euch.“

Der Vergleich der Glatzen mit den Islamisten, so fand Max, hatte schon einige Punkte gebracht. Mit denen wollten die drei bestimmt nicht in einen Topf geworfen werden. Aber das schien Max noch etwas zu wenig.

Dann fiel ihm das Zauberwort ein, das auf die drei Glatzen am Besten wirken würde: „Ich habe gerade vorher mit eurem Chef, dem Ingenieur Osterer telefoniert. Der hat mir gesagt, ich soll euch ausrichten, dass ihr der Sache nicht dadurch dient, dass ihr hier ein Blutbad anrichtet. Der Ingenieur hat gesagt, dass ihr aufhören sollt, dass eure Mission erfüllt ist.“ Und dann nahm Max alle Kraft zusammen und brüllte im Kasernenhofton: „Kommt rrraus! Die Hände über dem Kopf! Macht dem Ingenieur keine Schande. Dasss issst ein Befehl!“

Nachdem er den letzten Satz herausgeschrien hatte wie Hitler in seinen berüchtigten Reden, zitterten Max die Hände. Er stand da in seinem blauen Anorak, angespannt bis zum Äußersten und starrte hinüber zum Jagdhaus. Kein Laut war zu hören, niemand wagte sich zu bewegen. Die Zeit stand still.

Eine Minute, zwei Minuten. Max hatte Mühe, sein Zittern, das sich auf den ganzen Körper übertragen hatte, im Zaum zu halten. Lange konnte er hier nicht mehr so stehen.

Da, nach einer halben Ewigkeit, hörte Max ein Knarren. Das Garagentor öffnete sich ganz langsam.

Erst kam der Säufer, eine Hand nach oben gestreckt, in der anderen eine Flasche Schnaps. „Der würde es am schwersten haben im Gefängnis“, schoss es Max, ganz unpassend durch den Kopf.

Den Zweiten hatte es offenbar erwischt. Ganz verkrümmt lief er, mit der linken Hand hielt er sich den rechten Oberarm.

Als Dritter kam der Obernazi. Aufrecht ging er, fast im Stechschritt. Max fiel ein, was die Irmi über ihn berichtet hatte und musste lächeln. Der war eine Sau. Aber eigentlich auch wieder eine arme Sau.

Und dann ging alles ganz schnell:

Zugriff! Zugriff! Zugriff! Die drei Glatzen wurden überwältigt, fast lautlos lief das ab, nur der Verletzte schrie, als er hart angefasst und weggebracht wurde.

Beifall brandete auf. Nicht für den Obrboss, nicht für den Obrobrboss.

Beifall für Max. Den Helden.

Die Reporter ließen die beiden Bosse stehen und eilten auf Esterl zu, Kamerascheinwerfer waren auf ihn gerichtet, Mikrofone wurden zu ihm hingereckt, er war der Star des beginnenden Tages.

Max streckte den Reportern abwehrend beide Hände entgegen, drehte sich um, lief zum Škoda von Pepi, öffnete die Beifahrertür und ließ sich mit Schwung auf den Sitz fallen. „Haumarab, aber schnell“, wollte Max rufen, als er merkte, dass er sich auf etwas Weiches, Menschliches gesetzt hatte, dass sein Platz auf dem Beifahrersitz von jemand anderem besetzt war, jemand, der „ Aua, nicht so stürmisch" schrie. Pepi war aber schon losgefahren, mit seinen zwei Beifahrern und seinen zwei Promille, aber nur einem Scheinwerfer.

Und so rauschten Pepi und seine zwei Mitfahrer, die Psychologin unten und Max oben an den staunenden Reportern, an dem ganzen Polizeiaufgebot, den Krankenwägen, die jetzt doch zu keinem Großeinsatz gekommen waren, an dem vielköpfigen Polizei- und Medientross vorbei.

„Ich fahr zu Irmi", hörte Max seinen Freund krächzen. „Hat vielleicht noch offen."

Es war kurz vor Fünf . Das Wetter schien sich zu bessern. Der Grenzkamm zum Bayerischen hin lag irgendwie schon in der Sonne, so schien es dem mit den Augen zwinkernden Max. Dana meldete sich mit etwas erstickter Stimme: „Ich fahr auch mit. Wenn der Dicke von mir runter geht."

„Wer ist hier dick?", fragte Max Esterl unter dem unbändigen Gelächter seines Freundes Pepi, den es so schüttelte, das er seinen Škoda ins Schleudern brachte.

Irmis Betrieb war, trotz der vorgerückten Stunde, es ging mittlerweile auf halb sechs Uhr zu, noch geöffnet. Pepi hatte vorher mit dem Handy bei ihr angerufen, ihre Nummer hatte er, wie Max ohne Überraschung feststellte, eingespeichert gehabt.

Zuerst servierte die Irmi zur Feier der Ereignisse Sekt und Pilsner Urquell, auch die Psychologin langte tüchtig zu und wurde dabei, wie Max fand, immer noch hübscher. „Fast so schön wie Irmi", seufzte Max innerlich.

Dann machte Irmi für sich und die drei Helden Frühstück. Es gab frische Semmeln und Hörnchen aus der nicht weit entfernten Böhmisch Eisensteiner Stadtbäckerei und dazu unglaublich gut duftende Golatschen, Golatschen mit Mohn, mit Topfen und mit Powidl, Zwetschgenmarmelade. Max ging es schon wieder ganz gut. Als er jedoch auf die Uhr sah, durchfuhr ihn ein heftiger Schreck und er ließ fast die angebissene Semmel fallen:

Halb Sieben.

Die Eva stand jetzt, um halb Sieben auf. Um halb Acht musste sie in der Schule sein. Und er hatte sich immer noch nicht gemeldet. Da hatte er sich wieder etwas geleistet! Max nestelte sein Handy aus dem Hosensack, murmelte ein paar Worte der Entschuldigung und ging nach draußen. Die frische Morgenluft tat ihm gut.

„Guten Morgen, Eva, ich wollte mich nur melden und dir sagen, dass mit mir alles O.K. ist. Operation geglückt. Was sagst du, erste Stunde fällt aus, du hättest noch eine Stunde länger schlafen können und ich habe dich geweckt? Das tut mir aber leid. Du, Eva, … wenn du schon wach bist. Könntest du mich holen, ich hab, wir haben unseren Erfolg schon ein wenig gefeiert und ich bin nicht mehr ganz fahrtüchtig. Das hört man? Wieso hört man das? Ich red doch ganz normal, wieso hörst du das? Weil du mich kennst.

Du, Eva“, der Ton von Esterls Stimme war jetzt ein wenig anders geworden, eher bittend. „Kannst mich nicht holen? Wo ich bin? Ja, hier im Bordell, bei der Irmi. Im Roten Herz.“ Sofort, nachdem Max diese beiden Sätze ausgesprochen hatte, war ihm klar gewesen, dass seine Frau ihn hier, zu dieser Stunde, nicht holen würde.

„Ist ja überhaupt nichts gewesen hier, bordellmäßig. Wir drei feiern nur mit Irmi. Wer der dritte ist? Die Polizeipsychologin, tolle Frau. Eva? Eva? Bist du noch dran?"

Eva hatte aufgehängt. „Fahr doch mit dem Zug", hatte sie Max vorher noch ins Telefon gerufen, „oder frag deine Psychologin."

Max war auf alle Fälle ziemlich nüchtern nach diesem Telefongespräch. Er ging rein ins „Rote Herz" um sich zu verabschieden. Irmi drückte Max zum Abschied heftig und gab ihm einen dicken Kuss auf die Wange. Dana, die Psychologin, setzte ihr bezauberndstes Lächeln auf, gab Max ebenfalls einen Kuss, allerdings einen zarteren und sagte Worte zu Max, die ganz im Gegensatz zu ihrem unglaublich gewinnenden Äußeren standen: „Ahoj, Maxe. Psychologie musst du noch iben, auch wenn du heite erfolgreich warst. Und bevor du wieder auf mich liegst, darfst du abnehmen."

Max lief rot an. Hatte er richtig gehört?

Die ganze Zugfahrt von Eisenstein nach Zwiesel dachte Max darüber nach, wie die Worte der Psychologin wohl zu verstehen waren.

Als Max daheim die Haustür öffnete, hörte er schon das Telefon klingeln. Erst wollte er nicht hingehen. Er brauchte Schlaf. Dringend!

Doch dann hob er ab. Toni war am Apparat.

„Hab´s grade Bause, kann schnell mit dir sprechn, Maxe. Bist groß in Nachrichten, alle tschechischen Fernsehsender zeigen schon ganze Morgen. Max Esterl, Held von Prášily. Beendet Behmerwalddrama ohne Blut. Kein Totr! Staatssekretär muss schemen. Hat nur Zeig gesprochn in Interview."

„Ja, der war noch besoffener als ich. Hat man´s gemerkt?"

„Was meinst, Maxe?"

„Dass, dass ich ein bissl was getrunken hatte. Ich erklär dir später, wie das gelaufen ist, Toni. Hat man was gemerkt?"

„Nä, Du hast gsprochn, wie normal. Am Schluss hast gebrillt wie Hitler. Da haben die Nazis abr pariert, haha!

Gut, Maxe. Sähr gut. Du hast was getan fir Völkrvrständigung. Bild von Deutschen is wiedr positiv. Ahoj, Maxe, muss jetzt aufheren, Bause ist Ende."

„Servus, Toni."

Max duschte noch, ging zu Bett und schlief gut, bis Eva am Mittag von der Schule nach Hause kam und ihn mit einem sanften Kuss weckte.

„Hab´s schon gehört", flüsterte sie in sein Ohr, während sie sich an ihn schmiegte. „Du bist mein Held." Max wusste nicht, ob diese Äußerung jetzt ernst oder ironisch gemeint war. Er hielt Eva mit den Armen von sich weg und sah ihr in die Augen. Dann mussten beide lachen. Und dann… .

Die braune Brut

„Kruminale, das gibt es doch nicht, Ludwig. Du kannst doch da nicht zuschauen und Däumchen drehen."

„Max, und wenn du es noch so oft wiederholst. Ich kann da nichts tun. Gegen den Ingenieur, den Dr. Osterer liegt nichts vor, seine Angestellten haben offenbar auf eigenes Risiko gearbeitet. Von den Tschechen habe ich bisher auch nichts gehört, obwohl die drei Spaxer pausenlos vernommen werden. Sie sitzen in Bory, dem berühmten Pilsener Gefängnis. Kein Zuckerschlecken für sie. Ihre tschechischen Mitgefangenen werden wohl nicht sehr zartfühlend mit ihnen umgehen. Und anschreien brauchst du mich schon gar nicht, nicht hier, an meiner Dienststelle, in meiner Station."

„Entschuldige, Ludwig, da sind mir die Gäule etwas durchgegangen. Aber das gibt es doch nicht! Der Osterer drangsaliert Leute bis hin zum Mordversuch an ihnen, der Osterer schmiert und wenn er mit dem Schmieren nicht weiterkommt dann bedroht er die Menschen, er setzt Borkenkäfer aus, um den Wald zu vernichten, alles das ohne Konsequenzen fürchten zu müssen."

„Du hast jeweils ein Wort ausgelassen, Max, und dieses eine Wort macht den Unterschied." Max hasste es, wenn jemand so überheblich und lässig tat. Das hatte er an Ludwig Rindl in der Schule schon nicht leiden können.

„Dieses eine Wort macht den Unterschied." Natürlich musste der Ludwig den Satz auch noch wiederholen, der Klugscheißer.

„Der Osterer", so fuhr der Polizeichef von Zwiesel unbeirrt fort „lässt drangsalieren, er lässt bedrohen, er lässt Borkenkäfer aussetzen. Gegen ihn gibt es keine Beweise, auch die Spaxereien gehen nur auf das Konto der drei Ausführenden. Das Spaxermaterial, das die Tschechen in Osterers Jagdhaus gefunden haben, die ganzen Utensilien, alles gehörte zu den drei Neonazis."

Dass der Osterer am Arber damals mit seiner Riesenkamera gesehen worden war, wie er die Spaxereien photographiert hatte, mochte Max Esterl schon gar nicht mehr erwähnen.

„Das sind vielleicht Indizien, aber keine Beweise", hätte Ludwig gesagt. Max wusste, dass sein Jugendfreund eigentlich Recht hatte.

„Dann muss es eben anders gehen. Servus."

Mit diesen Worten dampfte der Ex-Kommissar aus der Polizeistation hinaus, vergaß, dass er mit dem Auto hergekommen war und lief durch halb Zwiesel, durchquerte zuerst den alten Friedhof, nahm den Weg am neuen Waldmuseum vorbei, schaute nur kurz zum mächtigen neugotischen Backsteinturm der Stadtpfarrkirche St. Nikolaus hoch, um zu sehen, dass es halb elf Uhr war, überquerte eine rote Ampel und den Stadtplatz, eilte über die alte „Himmelsstiege" hinab zum Stadtpark, eilte über den Kleinen Regenfluss, dann die Angerstraße hinaus bis zur Brücke der Eisenbahn nach Grafenau und sah dann, dass er vor dem Bräustüberl stand. Rudi, der Wirt merkte seinem frühen Gast den Ärger an.

„Magst a Weißbier?“, erriet er den Wunsch Max Esterls. „Kimmt glei.“

Max holte sein Handy heraus und rief Gunther an. „Hast Zeit? - Jetzt gleich. Im Bräustüberl.“

Max hatte sein Weißbier noch nicht einmal richtig angetrunken, da kam auch schon Gunther und bestellte für sich das Gleiche.

Max erzählte dem Trainer von der Sturheit der Beamten, insbesondere der von Ludwig Rindl und Gunther berichtete davon, dass der Borkenkäfer im ganzen Bärnzeller Wald um sich griff und gerade in den Teilen die schlimmsten Nester bildete, die den größten Windradgegnern gehörten.

„Die Glatzen haben gesät, Osterer erntet. Du kennst ja die vier Bauern, die für den Osterer arbeiten, dir haben sie doch auch schon Angebote gemacht. Weißt du, was einer von ihnen letztes Mal zu mir gesagt hat? „Verkauf deinen Wald, sonst frisst ihn eh der Käfer. Der hat nämlich Hunger. Und dann kriegst nichts mehr dafür.“

Ich hätt ihn dergatzen können, den Lumpen, glaubst as!“

„Wir müssen etwas tun, Gunther. Und ich hab da auch so eine Idee.“ Die beiden steckten die Köpfe zusammen, tranken noch ein Weißbier, bis Max rief: „Kruminale, Gunther, ich muss ja heut kochen. Zahlen, Rudi.“

„Bleibt´s dabei?“, fragte Gunther zum Abschied.

„Es bleibt dabei."

***

Die Moser Kathl, die sich dem Max schon auf Onkel Karls Beerdigung vorgestellt hatte, war eine alte Frau weit in den Achtzigern, seit langem schon verwitwet und nicht gerade mit weltlichen Gütern gesegnet. Ein wenig vergesslich war sie schon, aber dumm war sie nicht, die Kathl, Max kannte die Frau schon, seit er denken konnte. Sie hatte immer ein freundliches Wort für den kleinen Maxl gehabt.

Als sie die Tür öffnete, war die Kathl so überrascht, dass sie die Hände über dem Kopf zusammenschlug:

„Ja Gunther, wos tuast an du heut da bei mir? Ist´s denn scho wieder so weit, dass i a Holz kriag von dir? Is ja der Auswärts erst vorbei. Sunst kimmst owei im Hirgst."

„Naa, heut kemma weg´n was anderem. Dei Holz kriagst schon no, Kathl." Gunther hatte Max erzählt, dass er der Kathl jedes Jahr um Martini zwei Ster Holz brachte. „Weil´s an arms Luada is. Kaum a Rente, der Mann alles versoffen. Woaßt as eh." Mehr Worte war Gunther diese soziale Tat nicht wert.

„Und wem hast denn heut dabei? Des, des is ja der Esterl Karl. Ja lebt der noch? I hätt mir denkt, der is gstorbn? Fertn hätt i mir denkt, is er gstorbn. Naa, des gibt's net."

Kathl strengte ihr Hirnkastl, in dem wohl einiges durcheinander geraten war, ganz schön an.

Nachdem sie ihr Gegenüber einige Zeit gemustert hatte, schlug sie sich mit der flachen Hand aufs Hirn: „Der Maxl bist, der Kriminaler. Du bist doch z´Minga. Hast Urlaub? Netta wia der Karl schaut er aus, der Maxl. Mei dei Onkel, des is oana gwen. Wir zwei, der Karl und ich. Bald wär was geworden aus uns. Dann hätt ich´s schöner ghabt im Leben."

Gunther und Max bemühten sich, den Redefluss der Alten zu bremsen und auf das Thema zu kommen, das die beiden hierher, zur Moser Kathl gebracht hatte. Inzwischen waren sie in der Stube der Kathl angelangt und hatten ein Schnapserl vor sich stehen.

„Bärwurz. Selber angesetzt. Mir hilft er gegen´s Magendrücken."

„Kathl, wir kommen heut nicht wegen deinem Holz, auch nicht wegen deinem Bärwurz, sondern wegen deinem Nachbarn."

„A bissl lauter wennst redn kannst, Gunther, dann daat i di verstehn. I hör nämlich nimmer so guat. Aber sehen, sehen kann ich noch alles. Zeitunglesen ohne Brille."

Gunther bremste abermals: „Wir- kom-men-net-we-gen-dem-Holz-son-dern-we-gen-dei-nem-Nach-barn."

Kathl hatte sofort kapiert.

„Ah, der Osterer drüben. Also i kannt nix sagen über ihn. Seit seine drei Banditen nimmer sind, ist es ruhig geworden drent. Die sind dauernd aus und ein gefahren mit ihrem Anhänger. Da drüben, schaut´s." Die Kathl zog die Gardinen zur Seite und deutete auf das Nachbargebäude, an das ein stabiler Schuppen mit einem noch stabileren Tor angebaut war. „Da ham´s immer gmacheit und gwerklt, der Osterer und die seinen und dann sind´s weggefahren mit dem Anhänger und einer grünen Plane drauf. Sehen tu ich nämlich noch ganz gut, nur mit dem Hören."

Gunther bremste nochmals:

„Schau, Kathl, genau deswegen sind wir da. Weil du so gut siehst. Du sollst für uns den Osterer ein wenig beobachten. Ob-ser-vier-en. Und wenn er einmal mit seinem Anhänger wegfährt, mit der grünen Plane drauf, dann rufst mich sofort an. Geht das, Kathl?"

„Freilich, Gunther, i kann doch eh kaum noch schlafen, Tag und Nacht werd ich ihn abservieren und beobachten, den Osterer. Sehen kann ich nämlich noch ganz gut, nur mit dem Gehör."

Gunther wollte wieder bremsen, da kam aus dem Mund der Alten ein Satz, der beide aufhorchen ließ:

„Der Osterer, i hab eahm ja als Kind schon gekannt, is ja aufgewachsen dort drüben, bei seiner Oma, der Theres, bis er als Bub dann nach München ging. Zu seinem Vater, hat´s geheißen damals. Die Theres hat´s auch nicht leicht gehabt. Ihren Mann ham´s erschlagen, damals im Böhmen, bei der Vertreibung, zwei Kinder waren da und dann hat sie sich auch noch ums Enkerl kümmern müssen."

„Den Osterer?"

„Ja, genau. Immer wieder hat´s erzählt, die Theres, von dem, was sie mitgmacht hat und wie sie ihren Mann erschlagen haben, die Tschechen, damals, als sie nochmal rüber sind, um ihr Hab und Gut zu retten. Für den kleinen Ostererbuben muss das auch nicht leicht gewesen sein, mit dem alten Weib aufzuwachsen und mit dem ganzen Hass. Jeden Tag hat sie´s ihm eingebleut, jeden Tag hat´s der Osterer hören müssen, was damals passiert ist. Schlimm!

Naja, dann ist er nach München gekommen und dort ist ja auch noch etwas aus ihm geworden. Ein Inschinör und ein Doktor. Aber mich grüßt er nimmer, der Osterer."

Gunther und Max hatten sich während Kathls Erzählung angeschaut und genickt. Lag hier die Erklärung für die Spaxereien? Hatte der Osterer noch immer so einen Hass auf alles Tschechische, dass er die Spaxer angestiftet hatte?

Zuzutrauen war es ihm, da war sich Max sicher. Und die Glatzen hatten ihren Spaß gehabt bei den Unternehmungen. Je länger Max darüber nachdachte, umso mehr kam er zu der Überzeugung, dass hier der Schlüssel für die Spaxerei lag, ja liegen musste.

Der Spaxerspuk hatte ein Ende gefunden, jetzt mussten Gunther und er, mit Hilfe der Kathl, nur noch die andere braune Brut ausheben: Die Borkenkäferbrut.

„Wie machen wir´s?"

Nach dem Besuch bei der Kathl waren die beiden Freunde noch im Bräustüberl zur „Taktikbesprechung", wie der Trainer sagte, zusammengesessen.

„Wenn wir in die Schupfe vom Osterer eindringen", sinnierte Max, „und wenn wir die Borkenkäferbrutstätte auch finden, das hilft uns wieder nicht viel.

Dann müssen wir zum Rindl und den Einbruch zugeben und dann ist nicht einmal gesagt, dass der Rindl reagiert und die Brutstätte aushebt."

„Der Osterer würde sich wieder rausreden", pflichtete ihm der Freund bei. „Beweisen kannst dem nichts. Du findest Borkenkäfer bei ihm? Dann erzählt er der Polizei, dass er die gestern erst aus seinem Wald heimgebracht hat und sie heute verbrennen wollte. Der Rindl würde Dich anschließend fragen, ob es verboten ist, Käfer zu vernichten und wir wären wieder die Blöden."

„Ich seh den Rindl schon grinsen", schloss sich Max der Meinung des Freundes an.

Eine ganze Weile saßen die beiden Männer da und spekulierten intensiv. Hin und wieder nahmen sie einen Schluck Bier.

„Da muss was anderes geschehen." Nach einigen Minuten des Grübelns hellte ein Lächeln die Miene des Ex-Kommissars auf.

„Und ich weiß auch schon was."

Er und Gunther steckten die Köpfe zusammen. Taktikbesprechung. Der Bomber und sein Trainer.

Zwei Tage später: Eva war gerade zur Schule gegangen und Max las noch ein wenig Zeitung, als das Telefon ihn störte. Die alte Moserin war am Apparat.

„Max, Max, den Gunther kann ich nicht erreichen, der hebt nicht ab. Vor einer halben Stunde hab ich noch mit ihm telefoniert. Hab ihm gsagt, wie ausgmacht, dass der Osterer grad weggefahren ist. Und jetzt hebt er nicht ab. Jetzt ist aber grad ein Bulldog mit drei Männern gekommen, so ein alter, himmelblauer mit einem ganzen Ladewagen, der Osterer war aber da nicht dabei. Den Gunther erreich ich nicht, drum ruf ich dich an, Max. Die drei Männer haben so Mützen aufgehabt, keinen konnte ich erkennen, nur einer, der hat so gehinkt, genau wie Gunther. Sag´s ihm, dem Gunther, genau wie er hat er gehinkt. Ich seh nämlich noch ganz gut, nur mit dem Hören geht´s mir schlecht, Maxl. Ach wenn ich doch damals den Karl genommen hätt. Er hätt mich schon mögen, dein Onkel, aber ich hab zu lang gezögert."

„Schon gut, Kathl, aber was war dann?"

„Dann hab ich halt den Moser geheiratet, aber das reut mich bis heute…".

Max unterbrach die Kathl: „Nein, nein, Kathl, was dann gewesen ist mit den Männern und dem Bulldog, dem himmelblauen, das möchte ich wissen."

„Ja, dann haben die drei Männer das Schloss von der Schupfe aufgemacht, die haben wahrscheinlich den Schlüssel vergessen oder der Osterer hat ihn mitgenommen. Mit so einer Zange haben sie aufgemacht. Den Ladewagen rein, das Tor wieder zu, jetzt sind sie schon seit einer Viertelstunde drin, ich hab auf die Uhr geschaut, weißt, Maxl, ich seh nämlich noch ganz gut, nur mit dem Hören."

„Ja, ich weiß, Kathl. Was ist jetzt?"

„Lässt mich ja nicht ausreden, Maxl. Jetzt passiert grad wieder was. Gerade jetzt."

Die Moserin war ganz aufgeregt.

„Das Tor geht wieder auf, der Ladewagen kommt raus, alles gupfert voll mit Rindenabfällen, direkt stauben tut es, wie die mit dem Bulldog und dem Ladewagen davonbrausen. Und das Tor haben sie auch nicht zugemacht, die drei, so hat´s ihnen pressiert. Ich geh runter und mach es zu. Dann ruf ich dich nochmal an."

Schon hatte die Kathl aufgehängt. Max schaute verdutzt, musste aber dann grinsen. Er wusste, warum Gunther nicht mehr ans Telefon gegangen war, als ihm Kathl von den drei Männern erzählen wollte. Er wusste auch, warum der eine der drei Männer so hinkte wie Gunther. Genau so, Kruminale.

Die Kathl schnaufte noch heftig, als sie sich wieder bei Max meldete.

„Das Tor ist zu, Maxl."

„Und, hast reingschaut, vorher?"

„Ich bitt dich, Maxl, schau ich in anderer Leute Holzschupfen? Und so gut seh ich sowieso nicht mehr. Und finster war´s auch drin."

Max wusste jetzt genau, dass die Moser Kathl alles gesehen hatte. Er wusste aber auch, dass sie schweigen würde.

Trotzdem hatte er es sich nicht nehmen lassen, nochmals zu Kathls Haus zu kommen und nachzuschauen. Osterers Schupfentür war geschlossen worden, das geknackte Vorhängeschloss hing ordentlich am Riegel. Die Moserin hatte das Kommen von Max bemerkt, sehen konnte sie ja gut und stand in ihrer Haustür.

„Ach Maxl, wie dein Onkel Karl schaust aus. Dei Tant könnt ich sein, wenn ich damals…".

Max drückte der Alten einen Zwanziger in die faltige Hand.

„Schau her, Kathl, des is für´s Aufpassen."

„Ja gelt´s Gott tausendmal. Muss ich nicht mehr luren?"

„Seng´s Gott!" erwiderte Max nach altem Brauch. „Naa, aufpassn brauchst nimmer, der Osterer ist erledigt."

„I glaub´s glei."

Ob die Kathl das Plakat gesehen hatte, das der Gunther und seine Freunde dem Osterer an die Wand gespaxt hatten?

„Hau ab, Osterer! Deine braune Brut haben wir schon entsorgt", hatten er und Gunther als Text ausgemacht. Wahrscheinlich hatte der Freund dazugefügt „Sonst g´hörst der Katz oder dem Ratz!", und noch einen stinkenden toten Ratzen darüber aufgehängt. Max ging ganz langsam heim. Jetzt war die Geschichte mit dem Osterer wohl beendet, der Käse gegessen, das Spiel abgepfiffen.

Max war noch nie für Selbstjustiz gewesen.

Aber manchmal ging´s nicht anders.

Raiblech

Es war ein warmer Spätjuniabend auf der Flanitzalm oberhalb Frauenau. Max saß neben Eva auf einer Bierbank und ließ die letzten Sonnenstrahlen auf seinen Rücken scheinen, sein Blick ging zum Rachel mit seinem vom Borkenkäfer fast kahl gefressenen und trotzdem majestätischen Doppelhaupt, er schweifte hinüber zum Hahnenbogen und Kiesruck, dem der Windwurf und der Käfer auch schon eine Glatze aufgesetzt hatten, ging hinunter nach Buchenau, dessen obere Dorfzeile gerade hinter den Baumwipfeln hervorspitzte und landete oben am Großen Falkenstein. Wenn Max auch den Arber sehen hätte wollen, hätte er sich nur umdrehen müssen. Aber dazu war er zu faul.

Er legte die eine Hand um Evas Schulter, mit der anderen nahm er den auf dem Tisch stehenden Bierkrug. Bevor Max trank, stieß er noch einen wohligen Seufzer aus, nach einem tiefen Schluck rülpste er leicht. Das Leben war schön.

Seit den zweieinhalb Jahren die die Esterls nun in Zwiesel lebten, war das Johannisfeuer, das die Auerer Ministranten auf der Flanitzalm, hoch über Frauenau abbrannten, ein fester Bestandteil im Esterlschen Jahresablauf geworden. Kaum ein Fest war so schön und so voller Atmosphäre wie dieses. Das lag zum einen an der phantastischen Höhenlage des Festplatzes, zu einem großen Teil aber auch an der Musik, die auf der Flanitzalm spielte.

„Raiblech", fünf junge Musikanten und eine Musikantin spielten auf, dass es eine wahre Freude war.

Landler, Polkas, alles hatten sie in ihrem Repertoire, alles bliesen und sangen sie ohne Lautsprecher, so dass man sich nebenbei auch noch unterhalten konnte.

Und Max wollte sich unterhalten an diesem Abend. Eva, seine Frau, war dabei, auf der Bank ihnen gegenüber saßen Anna und Toni, sogar Pepi war gekommen, Pepi, der nach seinem Erfolg mit den Spaxern sicher die Karriereleiter emporgeklettert und fast schon „General“ war, wie Max spöttisch bemerkte. Pepi war nicht alleine gekommen.

„Das ist Dana, psychologische Kollegin aus Plzeň“, hatte er Eva seine Begleitung vorgestellt, als er ihr an der Haustür den obligatorischen Blumenstrauß überreicht hatte.

„Kruminale, der Sauhund bringt schon wieder Blumen“, hatte Max gedacht, während Eva ihn anzischte und etwas von „Unterbringungsproblemen“ murmelte. „Jetzt kommen die zu zweit, was soll ich denn tun? Kannst du mir das sagen?“

„Wohnzimmer“, riet Max, „die große Couch. Mit einer Psychologin auf der Couch. Wie ich den Pepi kenn, ist ihm das nur recht, wenn´s etwas eng zugeht unter der Decke. Schau dir doch die Psychologin an.“ Fast hätte Max gesagt, dass es auch ihm nicht unangenehm sei, mit der schönen Polizistin für eine Nacht eine Couch zu teilen. Eva hatte Max auch ohne Worte verstanden, denn sie drohte ihm mit dem erhobenen Zeigefinger.

Der „Fast-General“ saß also, eng umschlungen mit seiner Psychologin am Biertisch und prostete seinen deutschen Freunden zu. Pepi kam Max heute etwas anders vor als sonst. Der gemütliche Tscheche wirkte irgendwie aufgedreht, nicht wie Schwejk, sondern wie Hurvinek, die lustige Figur aus dem tschechischen Marionettentheater.

Lag das an seiner Begleitung? Oder hatte sich bei ihm tatsächlich beruflich etwas getan?

Max wusste, dass es jetzt noch zu früh war, seinen Freund danach zu fragen. Erst kam bei Pepi das Essen und dann, wenn er auch dem Trinken gut zugesprochen hatte, dann kam bei Pepi die Unterhaltung.

Max winkte Anna und holte mit ihr am Würstelstand Schweinswürstel und gut gepfefferten Schweizer Käse für alle. Bis die beiden zurückkamen, hatten die Ministranten, die hier bedienten, schon wieder Getränke für alle gebracht.

Es war so, wie Max vorhergesehen hatte:

Kaum hatte sich Pepi das letzte Blatt Schweizer Käse in den Mund geschoben, da fing er wirklich auch zu reden an:

„Weißt schon, Maxe, bist berihmt in Tschechische Räpublik seit Prášily-Aktion. Ich auch a bissl. Und Dana! Psychologin des Jahres in unser Räpublik. Vorigs Jahr war Hundepsychologin Siegerin, dieses Jahr Polizeipsychologin."

Max wusste nicht recht, ob sein tschechischer Kollege Spaß machte oder das mit der Psychologin des Jahres ernst gemeint war. Bei Pepi wusste man eben nie. Dana jedenfalls lächelte und Grübchen erschienen dabei auf ihren Wangen. Sakra, was der Pepi für ein Glück hatte!

Die Glatzen waren immer noch nicht geständig, so erzählte Pepi weiter und Dana ergänzte, dass dem einen, dem Alkoholiker die U-Haft im Gefängnis von Bory schwer zusetze. „Der wird bald weich." Pepi wusste: „Schantsen haben sie nicht, sowieso. Beweise sind drickend. Waffen, ganz Arsenal gefunden in Prášily. Drei Vrletzte bei Polizei. Haus geherte ibrigens Osterer und Herzobr gemeinsam. Waren Freinde, friher. Herzobr sitzt auch noch wegen Drogenfabrik fir Crystal. Abr bei eich. In Straubing."

„Den Osterer hätten wir eigentlich erwischen sollen. Der mit seinem Tschechenhass hat die Spaxer doch angestiftet, da fress ich einen Besen, wenn das nicht so ist, Kruminale." Max wurmte es immer noch, dass der Windradingenieur so ungerupft davon gekommen war. „Beweisen kann man ihm nichts, sagt der Rindl. Die suchen nach keinen Beweisen, sage ich. Warum hat der Osterer damals auf dem Arber Richtung Polednik fotografiert? Ich hab das dem Rindl gesteckt, aber für den ist der Fall abgeschlossen."

Pepi nickte: „Fir tschechische Polizei ist auch geschlossn. Drei Tetr in Bory-Gefängnis, gut Fotos fir Zeitung und Fernsäh. Osterer bezahlt Anwalt fir Glatzen, das is abr kein Bäweis."

„Der Osterer, so hat mir Gunther vor Kurzem erzählt, ist wieder nach München zurück", wusste Max. „Den Münchener Stadtwerken ist das Windradprojekt endgültig zu heiß geworden."

„Gestorben ist es aber noch nicht, das Projekt. Leider." Ein Arm hatte sich auf die Schulter von Max gelegt. „Ah, Gunther, schön, dass du auch gekommen bist. Dann kann ich dir gleich unsere tschechischen Freunde vorstellen."

Gunther passte gerade noch an ihren Tisch. Allerdings nicht auf die Bank, auf der Max und Pepi saßen. Auf der wäre es zu eng geworden. Aber Gunther saß neben Anna und man sah ihm an, wie ihn das freute. Toni Aŝnbrenr hatte im Übrigen auch noch etwas beizutragen:

Er hatte vom tschechischen Schulministerium gehört, dass das Schulprojekt so gut wie durch war. Das Zwieseler Gymnasium sollte zuerst den Namen „Karl Klostermann-Gymnasium" erhalten. Dann musste ein bilateraler Vertrag geschlossen werden und dann… „bist du bestimmt schon pensioniert, Tante Eva." Anna war etwas vorlaut gewesen, aber jeder der Anwesenden wusste, wie recht sie hatte.

Als nach einiger Zeit das Johannisfeuer entzündet wurde und fauchend hochloderte, erstarben die Gespräche. Alle schauten in die Flammen und gaben sich ihren Gedanken hin. Bis die Raiblech-Kapelle den „Böhmischen Traum" spielte. Da glaubte Max in den Augen von Pepi und von Gunther Tränen zu erkennen. Er selber wischte auch. Wahrscheinlich war ihm Asche vom langsam verglimmenden Feuer ins Auge geraten.

Konec----Ende

Glossar

Budel: Verkaufstisch, hier Trennvorrichtung

Do prdele: Scheiße, oh leck…

Dorschtenköpf: Rübenköpfe

Droscherer: Peitsche der Wolfauslasser

Dutterer, meist junger Dutterer oder Duttenkaiwe: Milchbubi

Fertn: Voriges Jahr

Gmacheit: gebastelt, gewerkelt

Netscherl: Groschen, Kleingeld

Rai: So nennen die „Auerer" ihren Hausberg, den Rachel

Ramasuri: Durcheinander, Aufruhr

Staderer: Städter

Vorfertn: Vorvoriges Jahr

Wolfauslassen: Altes Brauchtum im Mittleren Bayerischen Wald. Zu Martini gehen die Wolfauslassergruppen von Haus zu Haus. Erst sagt der Anführer, der „Hirta" seinen Spruch auf und dann wird geläutet was das Zeug hält. Der Lärm, den die Wolfauslasser mit dem rhythmischen Läuten von Kuhglocken und dem Knallen von Peitschen erzeugen, soll symbolisch die Raubtiere vertreiben. Wenn Du es erleben willst, lieber Leser, gehst Du am besten einen Tag vor Martini auf d´Nacht ins Bräustüberl in Zwiesel. Nimm Dir Ohrenstöpsel mit und ein wenig Kleingeld, die Wolfauslasser haben Durst.

Die böhmischen Rezepte können nachgekocht werden. Internet: tschechische-kueche.de.

Die Buchteln stehen da auch drin, aber keine macht sie so wie die Straßner-Wirtin.

Dank

Mein Dank gilt, wie immer, dem Pongratz Hans, meinem Fehlerfischer, dem Straßner Alex, meiner Frau Conny und meinen beiden Töchtern Elisabeth und Magdalena als den „Erstlesern", sowie Hans Schopf fürs Layout, ferner Frau Heidi Wenzl aus Bärnzell, die mich mit allen Informationen zu den Windrädern versorgt hat.

Anmerkung

Ich weiß, dass man an der Uni Passau nicht Biologie studieren kann.

Der Autor

Foto: Robert Fenzl

Ossi Heindl verbrachte seine Kindheit und Jugend in Zwiesel im Bayerischen Wald. Nach dem Abitur (1970) am Gymnasium Zwiesel studierte Heindl in München Kath. Theologie und Germanistik für das Lehramt.

Er leistete sein Referendariat in Würzburg ab und kehrte als Religions- und Deutschlehrer an das Gymnasium Zwiesel zurück.

1986 übernahm Ossi Heindl die Schulleitung am Berufsbildungszentrum des Mädchenwerks in Zwiesel.

Heindl ist verheiratet, hat zwei Töchter und mittlerweile vier Enkel, denen er möglichst oft Geschichten erzählt.

Seine Leidenschaften sind denen des Max Esterl sehr ähnlich: Schafkopfen, Sport treiben (Fußball, Basketball, Skifahren), Musik, Natur erleben und Lesen, besonders gerne natürlich die Werke von Karl Klostermann. Seit seiner Pensionierung ist bei Ossi Heindl noch das Schreiben hinzugekommen.

Ossi Heindl
Karl Klostermann
und der
Ameisenhaufen
Ein Böhmerwaldkrimi

Ossi Heindl
Max Esterl
und das Rote Herz
Ein Böhmerwaldkrimi